U0933269

天空一无所有
为何给我安慰

海子 诗传

吴韵汐 著

中国纺织出版社

内 容 提 要

岁月因为他的存在，镀上了金光。他在春天里，来了又去，他的诗歌便传遍了中华大地，留下麦田的馨香，留下泥土的气息，留下春暖花开的诗意……海子虽然走了，却并未离开。在人们深深的怀念中，他的人生脉络变得格外清晰。

在他那充满诗情的岁月里，你能看到他脚下的道路，他脸庞上的汗水，他明媚的欢笑，他心底的泪滴。曾经，他用笔墨写下了灵魂的赞歌；如今，他用笔墨写下了诚挚的眷恋。若你也念着他，请翻开这薄薄的纸页，打开海子人生的门扉，便可拥抱他的诗意年华。

图书在版编目（CIP）数据

天空一无所有，为何给我安慰：海子诗传 / 吴韵汐著. —北京：中国纺织出版社，2015. 5（2024.1重印）

ISBN 978-7-5180-1282-4

Ⅰ.①天… Ⅱ.①吴… Ⅲ.①诗集—中国—当代
Ⅳ.①I227

中国版本图书馆CIP数据核字（2014）第292548号

策划编辑：郝珊珊　　　　责任印制：储志伟

中国纺织出版社出版发行

地址：北京市朝阳区百子湾东里A407号楼　邮政编码：100124

销售电话：010—67004422　传真：010—87155801

http：//www.c-textilep.com

E-mail：faxing@c-textilep.com

中国纺织出版社天猫旗舰店

官方微博http：//weibo.com/2119887771

北京兰星球彩色印刷有限公司　　各地新华书店经销

2015年5月第1版　2024年1月第4次印刷

开本：710×1000　1/16　印张：16.5

字数：147千字　定价：48.00元

凡购本书，如有缺页、倒页、脱页，由本社图书营销中心调换

序言

你用炙热的诗句，打开过我生锈的枷锁。跪在你诗歌的土地上，我挥洒了最珍藏的一滴眼泪。你的语言打开了所有意象，村庄就是你的大脑。每一颗麦子，都站在了自己的韵脚里。

时光与时光没有什么不同，但过去的那一段，已被镀上了金光。我们都记住了你的名字，海子。

或许，此时你已坐在云端，笑看人间繁杂。有人称你为国王，将王冠戴在你的墓碑上，也有人议论你为懦夫，将非议翻飞在时间的烟尘里。

这些都不重要。一个人读诗时，观照的往往是自己。你用生命写诗，人们自然也要掏出灵魂才能与你对话。彼时，你愿面朝大海，今日，我们带着不同的缘由面向你。

你的诗歌捕捉到了生活的本质，而生活的规则，没有接纳你。

理想的破灭，人们无法理解，甚至被冠以“软弱”。那是因为，他们从来不知，何为“理想”，那不是乌托邦的太阳，而是心底的露珠。

诗歌的年代渐渐陨落。将欲望等同于理想，是今天的流行病。岁月爬上眼角，年华虚度，空留一身疲惫。在诗歌面前，我们都是匆匆的过客。

一页诗落下，没有人拾起。可是我相信，每个人都曾在复活了十个海子的春天，醒在夜里。

吴韵汐

2014 年 12 月

目
录

第四章　诗歌　语言的本身像母亲

第五章　热血　只身打马过草原

第六章　太阳　构筑一个无人停留的小岛

第一章 童年

村庄是一只白色的船

第一节 出生·活在这珍贵的人间

爱的果实，生命的延续。在那久远的年代，在那被时光掩盖的大山深处，有一个叫作查家湾的南方村庄，它沿袭着周而复始的耕种作息，世世代代静止在岁月的洪流间。日升日落，时光更迭，那时没有人知道，有一个惹人怀念的伟大诗人，在这里悄悄开始无限唏嘘的人生。

或许，每个人的心间，都有一座村庄，一片麦田，那是心灵的休憩之地，是归宿，是故里，安放着那叫嚣着的回忆旧事。年轻的心，期盼彼岸，倦鸟的翅膀，向着故乡，而安庆怀宁县高河镇的查家湾，便是海子心间的那一方纯粹净土。1964 年 3 月 24 日，在查家湾的和煦午后，随着一声嘹亮的啼哭声，他来到这阳光普照的人间。

你迎面走来
冰消雪融
你迎面走来
大地微微颤栗

大地微微颤栗
曾经饱经忧患
在这个节日里
你为什么更加惆怅

野花是一夜喜筵的酒杯
野花是一夜喜筵的新娘
野花是我包容新娘
的彩色屋顶

白雪抱你远去
全凭风声默默流逝
春天啊
春天是我的品质

——《春天》

诗人苇岸如是说："海子含着泥土，来自大地的深处。他是民间的儿子，具有和谐的自然启示的诗人。"是啊，他天生便是褪不去大地本色的诗人。这年春天，他来了，冰雪消融，大地微微颤栗；这年春天，他来了，带来生机，带来活力。

那时，他是懵懵懂懂的婴孩。当山野医生倒抓着他粉红色的身体拍打时，他只是咧着嘴发出更加高亢的哭声，振奋着昏昏欲睡的太阳，也振奋着大汗淋漓的母亲、泪眼婆娑的父亲。在他父母眼中，他便是春日里最盎然的那抹绿意，他们希望，这个粉嫩的身体里，拥有着同春天一样的品质，勤奋而从容，温暖而乐观。

在这小小的村庄，他的父亲查振全是个老实巴交的裁缝，不懂得浪漫物语，只知勤勤恳恳地挥洒着自己的每一滴汗水。他这一辈子兢兢业业，不是面朝黄土的劳作，便是在昏黄的灯光下裁布制衣，日子过得重复而艰难，他却从不抱怨。

当生活的意义只剩下一个饭碗一餐温饱，便找不到工夫去无谓抱怨。他只是一个平凡的男人，虽然也曾读过两年书，但因家境贫寒，只得早早回归麦田。他也是一个裁缝，手艺远近闻名，但在那个普遍匮乏的年代，不挨饿便是庆幸，又有多少个家庭能拿出多余的钱财去做件新衣？

后来，他遇上了操采菊。她是一个烂漫的女子，幼时家境不错，读过五年书，认识的字比大多数男人都多，她关注食物之外的精神世界，她会唱很有味道的黄梅戏，她眼睛里闪烁着的是诗意的蓝色光芒。

大抵又是一个平凡却不俗套的故事，他们结成连理，建成一个小小的家，一个平静的港湾。多年后，海子曾在诗中如是写道："一碗泥，一碗水，半截木梳插在地上，母亲的姻缘，真是好姻缘。"两颗沉静的心，一段细水长流的情，他们遇见彼此，走得也算和睦，时间向前，日子慢慢咀嚼出丝丝的甜意。

只是，命运有时总爱和老实人开些无可奈何的玩笑，他们那么努力，苦难依旧如影随形。

1957 年，在家人的企盼下，查振全年轻的妻子操采菊生下了他们第一个爱情的结晶。那是一个给夫妻二人的生活带来无尽欢乐的可爱女婴，他们恨不得把整个世界都给这个粉嫩的小生命。只是生活的重压从来没有放过他们，贫苦困顿间，他们上有年迈的父母需要照料，下有嗷嗷待哺的女儿需要呵护，为了操持生计，只有不断劳作，无法分出更多精力放在这个羸弱的小生命身上。

刚刚出生的稚嫩婴儿，最需要的便是无微不至的悉心呵护，但他们给不了，更何况在这基本医疗卫生知识缺乏的大山间。时间长了，女儿更加羸弱，病症不断，着急的夫妻二人多次请来山野医生诊治，打了不少针，也吃了很多药，女儿的病症不但没有好转，还变得越来越严重。

看着女儿每况愈下的身体，查裁缝的眼角湿润了，他恨不得受病痛折磨的那个人是自己，哪怕加注在自己身上的病痛强烈一倍也没有关系。只是上天没有听到他心底的声音，命运没有理会他的祈求，两年后，他稚嫩的女儿失了体温，被上帝召走。

在妻子撕心裂肺的恸哭下，他眼睁睁看着邻居家的老人用筐子将断了气的女儿背到村外山坡掩埋，忘了阻拦，也忘了哭泣。在这个南方村落里，早夭的孩子被称作“花生鬼”，他们来到人世间一瞬，留下无尽痛苦与不幸。根据当地的风俗，为了避免“花生鬼”缠身，早夭的孩童总是被葬得很远。

女儿死了，被远远葬在村外，夫妻二人只感觉往日的欢乐也被一同埋葬，徒留疲惫和苦涩，碎了一地。

命运凉薄，在这个本就困窘的家庭，两颗痛失幼女的心，如同掉入万丈深渊那般暗无天日。他们烧香拜佛，无比虔诚地祈祷上天再次赐予他们一个孩子，赐予他们继续与贫困饥饿纠缠斗争的勇气。

落后的年代，贫瘠闭塞的小村庄，“不孝有三，无后为大”的观念根深蒂固，他们想要再生一个孩子，为了延续查家香火，也为了救赎。生活如此艰难，他们需要一丝希望，一线曙光。

终于，操采菊再次怀孕了，她的肚子里孕育了第二个小生命。得知这个消息的那一天，夫妻二人的脸上终于有了笑意，只是这笑意在分娩的那日，化为了更深邃的苦涩——这个更加柔弱的小生命，只跳动了一个昼夜，还没来得及睁开眼看看这苦难的人间，便急匆匆地去了……

又是一个天大的玩笑！看着在床榻间奄奄一息的妻子，查振全绝望不已。那时，村里谣言四起，并没有多少恶意的村民们口耳相传：

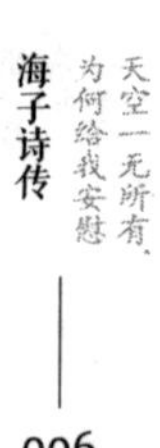

查裁缝家大抵是被“花生鬼”缠了身，很难再有后代了，唉，造孽啊！

他更加沉默了，一天天，卖力耕作在宛如波浪起伏的绿色麦地间，用劳动的辛酸与汗水无声控诉着魔鬼的玩笑。一日傍晚，他劳作归来，远远望着自家黑色的屋檐，内心终于获得了一丝宁静。初春的气候正相宜，微风习习，空气清新，他豁然开朗，自己内心的所有愤懑只有自己知道，没人理睬，也没人安慰，那么，为何还要与自己过不去呢？

他想起在床榻上奄奄一息的妻子，想起边偷偷哭泣边收拾婴孩衣服的妻子，心里一阵抽痛。他是男人，应该承担起丈夫的责任，或许，他应该同妻子商量孕育第三个孩子的事情，他不相信命运待他如此残酷。

活在这珍贵的人间，总要有些信念和坚持，用来应对万千苦难。没过多久，操采菊又怀孕了，这是心有余悸的希望曙光。

怀胎十月间，夫妻二人小心翼翼地呵护着稚嫩幼胎，害怕稍有差池便葬送了新的生命。查振全常常怜爱地扶着妻子在麦田里散步，他质朴地希冀着这片厚重的土地可以给孩子坚韧，希冀着自己孩子能够如麦子般顽强茁壮。

如今，孩子出生了，在这底气十足的嘹亮哭声中，他知道这个小生命是多么的鲜活真切，他如同一朵初生的野花，血液里流淌着坚韧的绿色，消释了往日的痛苦，也燃起了查家新的希望。查振全颤抖着双手，向着太阳的方向，虔诚地举起那粉嫩的孩童，禁不住热泪纵横。

海子来了，用底气十足的啼哭，冲开悲伤的封印，走进时光的诗意巷道。查振全这对命途多舛的夫妻，终于在这春日阳光的温暖里，重新拾起破碎的心灵，修补好支离破碎的人生。

多少次，他在梦中无声地哭泣，无语地祭奠；多少次，他在心头轻轻地呼唤，轻轻地祷告……这一次，他心底深沉细腻的父爱完全迸发出来，他觉得花开了，鸟儿放声歌唱，无数绚烂的生命，在查家湾的土地上迎风起舞。这一次，因为海子，他觉得这珍贵的人间是值得热爱的。

活在这珍贵的人间
太阳强烈
水波温柔
一层层白云覆盖着
我
踩在青草上
感到自己是彻底干净的黑土块

活在这珍贵的人间
泥土高溅
扑打面颊
活在这珍贵的人间
人类和植物一样幸福

爱情和雨水一样幸福

——《活在珍贵的人间》

暮春三月，万物复苏的季节，那嫩绿的麦田依旧汹涌，招摇在查家湾的土地上。那时没有人知道，查裁缝家萌发的这个新的生命，会长成倜傥的诗人，会在未来的某一天，用滚烫的诗句托起这个普通的南方村落，托起一个年代的失落与梦想。

虽然海子降生的这年春天，查家依旧在温饱边缘挣扎，他们只能用滚烫的汗滴和夜以继日的劳作，换取胃肠的温饱。但如今，海子降生了，他如同一道光，寥寥数语便道破生命的意义——“幸福”。

多少人苦苦追寻着生命的意义，多少人又在追寻间堂而皇之地贴上理想主义的标签。只是寻觅的终点，也不过如此，生活是一张考卷，无论是选择题，还是判断题，都无法在虚无的浪漫间得到呈现，生命所有的意义，不过“幸福”这简简单单的两个字而已。

生命懵懂地开始了，他的眼睛还看不清这个世界的美好与荒芜，但终有一日，贫穷的风会洗去命运脉络间的尘埃，终有一日，他会在这村庄的最深处，释放世世代代的忧伤与渴望。

第二节 贫穷·人的世世代代的脸

村庄里住着母亲和儿子，儿子静静地长大，母亲静静地注视，他好奇的眼睛总是在搜寻麦田里的风吹草动。八月转眼而至，分蘖成穗，灌浆成熟，麦成为田野里金色的诗行，被黑色的眼睛一遍遍展读。

生命带来了希望，而生活依旧艰辛。查振全深知，要使儿子在未来成为一棵大树，就要小心翼翼地为他浇灌营养的汁液。为了这珍贵的汁液，他日夜在剪刀、皮尺与针线之中穿梭，决心为儿子缝补出一片天空。但村庄普遍落后贫穷，几乎没有人家舍得把钱花在缝缝补补之中，“查裁缝”的称号也失去了原有的意义。

终于，和大多数人一样，查振全把眼光投向了黄色的土地。还记得那片土地吗？那丈夫和妻子曾用脚步亲自丈量过的土地，那弥漫在孩子眼里永恒的绿色，此时在查振全面前蠢蠢欲动。勤劳的男人立刻回家背上锄具，夕阳里，他把自己弯成一张细长的弓，贪婪地吮吸着生命的清香，直到月亮勾起一个弯角，他才缓缓地向家里走去。

只要看一眼儿子酣睡时的可爱模样，时光似乎都在他心里凝固，升腾起幸福的云雾。那是做父亲的骄傲，从此不必丈量落入泥土的一滴滴汗水的深度，因为丰收的盛宴就此起步。

秋夜美丽

使我旧情难忘

我坐在微温的地上

陪伴粮食和水

九首过去的旧诗

像九座美丽的秋天下的村庄

使我旧情难忘

大地在耕种

一语不发，住在家乡

像水滴、丰收或失败

住在我心上

——《九首诗的村庄》

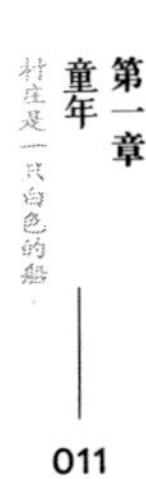

查振全日夜操劳，操采菊自然看在眼里，疼在心上。在这个村子里，她比大多数男人都有文化；除了识字之外，她还懂得音乐，黄梅小调是她的拿手好戏，但痛失二女之后，她就不再哼起。如今，哼着黄梅小调哄孩子入睡成为她最温馨的一刻。

操采菊也在为这个家默默付出着，她有一份正式的工作——拣茶厂工人，然而微薄的工资对这个家庭所需如同九牛一毛。孩子嗷嗷待哺，上面还有两个体弱多病的老人，关键是粮食，粮食似乎总不够吃，米缸没多久就会露出可恶的黑底，就像一口永远无法填满的黑井。

劳动之余，夫妻俩常常抱着孩子逗笑，一天，查振全突然说："你看，孩子的眼睛多像他舅舅。"操采菊的眼睛立即湿润了，陷入了灰白沉重的回忆……

那是 1962 年，国家推出新的土地政策，按人头进行分地。老人们唤回儿子儿媳，语重心长地要求他们回到土地上，毕竟在农村，泥土才是一切生命的养分。

查振全走得顺利，操采菊和哥哥操乐瑞却走漏了风声，在半途中被人扭送了回去。事后操乐瑞被送去劳动队劳动改造，妹妹则被罚在山间劳动改造。不久，操采菊就听到哥哥重病的消息，还未来得及送去关怀，就传来哥哥去世的噩耗。

长兄如父，操采菊在哭泣中想起那个顽皮、倔强又聪明的哥哥，他常常讲一些稀奇古怪的故事逗笑妹妹，在母亲不在时，为她穿好冬日厚重的棉衣；她常常赤着脚在田野里奔跑，他则不甘落后地后面追赶着……他的突然离世，像一口沉重的石磨压在她心间，使她充满了莫名的负罪感。

往事纷纷扰扰，纠缠不休，每当触到那最柔弱的神经，便会隐隐作痛。操采菊看着第三个孩子，相信他的血脉里有着哥哥的那一份单纯和真挚，她要用温暖的乳汁，晕开过往的不幸，给孩子带来浓郁清香的未来。

该是给孩子起名字的时候了。从孩子出生那天起，查振全就在盘算孩子的名字，那不能是一个普通的农村娃的代号，他是查家期盼已久的血脉精华，一定要寓意美满、吉祥如意。

憨厚的查振全没有多少文化，但懂得孩子生辰八字与五行风水的重要性，便特地邀请了当地的老先生给算了一卦。算命的老人说，孩子五行缺水，那年又是龙年，龙自天来，居海长生。为了讨个吉利，又补足八字，夫妻俩盘算了好久，终于有个合心的名字——海生。

查海生，这个响彻中国诗坛的名字，对于每一个热爱诗歌的人都十分熟悉。它伴随着一个青年从呱呱坠地到生命的终结，在中国诗歌史上留下了浓墨重彩的一笔。这三个字曾经被小心翼翼地填在户口本上，也曾自信满满地成为诗章的落款，查海生，居海而生，却过早地榨干了自己生命的汁液，在太阳下成为永恒的悲伤。

孩子一出生便伴随着营养不良，这在那个年代是习以为常的事，农民们不会过分娇惯孩子，一日三餐，能饱腹已是幸运，哪里有营养可言。看着终日劳累的丈夫和弱不禁风的小海生，操采菊顾不上产后的休养，就过早地投入劳动之中。女人，尤其是成为母亲以后的女人，都会焕发出一种异乎寻常的坚强与温存，在小海生眼里，母亲就是这样，在狭小阴暗的房间里忙碌，鬓角的青丝一点点爬上来……

然而母亲的奶水终于枯竭了，查振全把准备卖钱的鸡蛋煮给她吃，仍然无济于事。小海生在床上嗷嗷待哺，夫妻俩急得团团转。好心的邻居建议，红砂糖可以补充一点营养，价格也相对便宜。父亲听罢，穿上那双破烂的草鞋，连夜赶到了十几里外的村镇上，却得知镇里红砂糖供应紧张，他又徒步赶了一夜，来到县供销社门前。

查振全不善言辞，在满嘴普通话的营业员面前愈发窘迫。他勉强地表达着自己的来意，希望购买一点红砂糖给儿子补充营养——营业员没有答应，因为他没有粮票。想到小海生饥饿的模样，焦急的父亲几乎快哭出来。他恨自己嘴太笨，更恨自己这个卑贱的农民身份，他恨不得用自己的血去交换那红色的汁液！

营业员看见眼前这个老实巴交的男人默默离开了，也不禁叹了口气。谁知过了没多久，他又满头大汗地出现在他面前，怀里抱着一个可爱又孱弱的婴孩！终于，营业员被眼前的场景深深打动了，眼前这个男人全部的生命似乎就是这两斤红砂糖，他亲自为他称好两斤红砂糖，嘱咐他要节约食用。

物质极度匮乏的年代，那两斤红砂糖自然高高在上，是全家的宝贝。夫妻俩在每天晚上，给小海生冲一点甜甜的红砂糖水，算是额外的滋养。每当小海生的嘴触到糖水时，都会高兴地眨巴眨巴眼睛，脸上露出可爱的小酒窝。这是一天中最温暖的时刻，夫妻俩相视而笑，褪去一天的疲惫……

在献给母亲的诗中，《给母亲·雪》是最令人动容的，那是诗人的赤子之心：

妈妈又坐在家乡的矮凳子上想我
那一只凳子仿佛是我积雪的屋顶
妈妈的屋顶
明天早上
霞光万道
我要看到你
妈妈，妈妈
你面朝谷仓
脚踩黄昏
我知道你日渐衰老

贫穷可以滋生痛苦，也可以孕育伟大。在小海生的眼里，父母都是伟大的凡人：父亲从不吝啬任何一份辛劳，尽管换来的回报那么微不足道，他的身体日渐佝偻起来，胸膛却总是那么热气腾腾，散发出一种朴实而坚定的力量；母亲过早地走出月子，分担着家里的零碎杂活，她的身体处在摇摇欲坠的边缘，却不肯轻易停下休息，累了，就扶着腰看看远方的山岚，把辛酸和苦难一点点磨碎，一点点咽下。年轮，就这样静静滚动着，在年幼的海生心里留下两道深深的辙痕。

他还会记得，父亲亲自为他打造的木头“坐车”，奶奶用瘦小的臂膀抱起他，轻轻放在“坐车”里，嘴里哼着乡间的歌谣，推着他“检阅”刚刚成熟的庄稼。两斤红砂糖省了又省，每晚按时出现在他面前，母亲轻轻用嘴吹着，用舌尖测量温度，再小心送进他嘴中。夜晚，他躺在母亲的温热的怀抱中，伴着黄梅小调酣然入梦。乡村的月亮又大又圆，微风吹过树林，几朵牵牛花在那个夜晚含苞待放，爬山虎悄悄走进了他的窗前，壁虎摇晃着尾巴，一下就逃到了天上……

他仿佛预见到，乡村将是他未来的全部，尽管她此时如此贫瘠，如此穷困。在未来都市文明势如破竹的进军中，他将回忆起那种亘古不变的情绪，萦绕着中国诗人千百个春秋。他转身，将思绪沉浸在故乡的河滩里，指尖划过金黄饱满的谷粒，脑海里飘浮着彩色的屋顶，那土豆似的面庞，那倔强的、绿色的骨头，温暖了中国最后一颗遥远的乡愁之心。

第三节

天才·十二只鸟飞过麦田

五岁的黎明

五岁的马

你面朝江水

坐下

四处漂泊

向不谙世事的少女

向安庆城中心神不定的姨妹

打听你。谈论你

可能是妹妹

也可能是姐姐

可能是婚姻

也可能是友情

——《给安庆》

有人说，因为海子，更多的人知道了安庆这座曾经灿烂过的文化小城。这里是安徽文化的重要发源地之一，著名美学大家朱光潜、邓以蛰、方东美等都与这里有着剪不断的缘分，而新文化运动的传播者陈独秀先生更是来自安庆怀宁。几十年后，这里又孕育了一个土生土长的海子，复活一个时代的诗歌风华。

在这个创造过不朽与神奇的小城，在查家湾麦地的胸怀里，小海生在母亲的故事里学会走路，学会咿咿呀呀地讲话。她的母亲终究和那些大字不识的乡野农妇不同，她懂得阅读的乐趣，也知道文学的魅力，文化是她心间神圣而遗憾的秘密，她要让自己的儿子接受文化教育的洗礼，放下锄镐，走出大山。

文化基因躁动着，在母亲陪伴着的村庄里，海子的启蒙教育就这样早早开始。在难得的闲暇时刻，母亲会把他揽在怀里，讲述一个又一个绚烂美丽的简短故事，她收集着旧书旧报上的每一段文字碎片，用沉静的腔调诉说着一个又一个别样风华的文字世界。而听故事的小海生，总是无比安静，他目不转睛地盯着母亲的脸，望着那神奇地开合着的双唇，小海生沉浸在那神奇美丽的故事中。

懵懵懂懂，他还不会走路，大抵也不能完全懂得母亲的故事，但他依旧沉醉在母亲温暖的声音里，或许，有一种喜欢，是与生俱来的无法抗拒。

文化的血脉就这样进行了传递。母亲见儿子喜欢听故事，很是欢喜，更是不遗余力地编织一个个如童话般美丽的故事。慢慢地，海生开始懂得故事的内容，他沉沦其中，随着情节的起伏，或惊讶得张大嘴巴，或高兴得眉眼弯弯，或感动得泪眼婆娑。从懵懂到懂得，母亲的故事，一直是他精神的乳汁，滋养着他生出血肉。

母亲讲故事的画面，就这样刻在了他的记忆深处。不知不觉间，母亲已成为他情感喷发的原点，成为梦想的原始图腾。后来，他长成了诗人，村庄中的母亲也成了他诗歌中不可或缺的意象化身。

小海生又长大了些，他开始用探究的眼光打量报纸杂志上的一个个方块字。当母亲拿着书刊读给他听时，他便随着母亲的节奏在书页上的字里行间游走，时间久了，竟然识得了不少文字。

看着这样有天分的儿子，操采菊开心不已，在她的意识里，只有识得汉字，才能更好地识得自己。犹记得苏东坡所言："人生识字忧患始。"她寻来更多有字的书报，读给儿子听，有些书报，不知是因为太过老旧，还是因为她翻阅了太多遍，那泛黄的纸张软得仿佛一碰便碎。

就这样，幼时的查海生，在母亲的膝头上，在软绵的耳语故事间，完成了属于自己的启蒙教育，也打开了探索生命的第一眼。

海子两岁了。这一年，一场浩浩荡荡的大运动席卷整个中国大地，犹如狂风过境般打乱了人们平静的生活，连查家湾这个闭塞的南方小村庄也无法避免。炎炎夏日间，蝉鸣聒噪，村庄不再宁静，大多数人如无头苍蝇般胡乱奔走在暴风雨前夕的土地上，复杂的人性在无限放大，日子开始如履薄冰。

日子沸腾了，不再只是日出而耕日落而息的平淡反复，增添了许多新戏码——轰轰烈烈的年代，贫穷的查家湾也揪出了几个所谓的“牛鬼蛇神”，在公社学校的操场上批斗个没完，红卫兵慷慨激昂的“最高指示”说个没完，也背个没完……

思想贫瘠的土地之上，村民们不知道这场运动为何来得如火如荼，大抵也不能理解运动的所有意义。他们只是如同木偶般，背着来不及放下的锄头参加一场又一场的集会，高声呼喊着“万岁，万寿无疆”，照本宣读地背诵着“革命无罪，造反有理”，生怕声音不够洪亮，态度不够虔诚，而被“造反派”揪成被批斗的“牛鬼蛇神”。

小海生单纯的眼睛还不能解读村子里气氛的变化，但敏感如他，还是在转换的街景和父母的倦容中嗅到了一丝丝的不安定。多少次，他跟着父母混在一片浮躁中高声呼喊，混乱中唯有母亲温热的手掌无比真实。革命的形势愈演愈烈，在喋喋不休的吵闹间，查振全两夫妻机械地参与着繁杂的活动，疲倦而小心翼翼。

看着不同于平常的父母，面对家里压抑的气氛，灵动的小海生虽然不知道怎么回事，但他想要做些什么，让父母紧皱的眉头能够舒展一些。一日夜里，他对母亲说：“妈妈，今天我给你讲个故事吧。”

惊讶的夫妻二人无声对视一眼，便专心听起儿子的故事。只见小

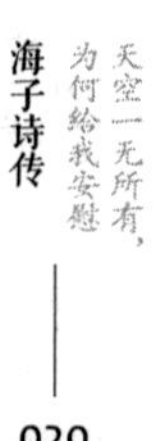

海生挺着小小的胸膛笔直地站在父母面前，用稚嫩的童声复述了母亲曾经给他讲过的一个故事。看着儿子讲故事时“一本正经”的模样，夫妻二人很是欣慰，笑得合不拢嘴，那不停奔走的疲倦，早就在笑声中一扫而光。

讲完故事，他看着笑语晏晏的父母，羞涩地笑了。表演继续，接下来，他如集会时的红卫兵那般，踱着步子，抬头挺胸地背诵起“语录”，一条条，一段段，他滔滔不绝地背着，字字精准，毫无错漏，惊呆了一旁观看的父母，他们不敢相信，如此幼小的儿子，竟然有如此天才的记忆力！

应该是习惯吧。见惯了同样的神情，同样的语调，天才的他，诵读同样的东西，只是一种习惯而已，正如他看惯了灰色墙上的鲜红标语大字，便学会了写字，常常随手捡起草棍，便在地上划写出歪歪斜斜的方块字。

这一年，小海生只有四岁。查振全喜出望外，透过儿子小小的身体，他仿佛瞥见了孩子的未来，海生是他的骄傲，他知道未来的某一日，这孩子一定会成为一抹亮丽耀眼的风景。突然，一个大胆的想法闪过了他的脑海，老实巴交的憨厚裁缝要让小海生代表全家参加“语录”背诵比赛。

红旗飞扬的一天，查振全抱着四岁的儿子，从拥挤的人群中挤过，来到背诵台下的报名点，为儿子报了名。当主持人宣布查裁缝家四岁的查海生要上台背诵时，台上台下立刻哄笑起来，嘲笑查家一定是想奖品想疯了。

一片嘲讽间，查振全依旧神态自若地把小海生举过头顶，放在背诵台上，还骄傲地拍了拍儿子的肩膀。一直谦逊老实的他，从来没有这么自信过，他相信小海生一定会为他长脸，不是为了奖品，而是为了心底那无法隐藏的骄傲与自豪。

站在背诵台上的海生是那样的瘦小，他穿着父亲特意缝制的卡其制服，如同一棵站在桌上的小小豆芽菜。初生牛犊不怕虎，那时的他还不知道什么是紧张，只是挺直了腰杆，用亮晶晶的眼睛扫过台下拥挤的人群，然后双唇轻启，一字字，一条条，他字正腔圆地背诵着，直背得闹哄哄的观众们收起了嘲笑，惊讶的双眸里写满惊羡，情不自禁地喝彩，鼓起掌来。

如果镜头拉近，给查振全一个特写，那么我们一定会发现，这个不苟言笑的父亲在那一刻笑得是多么的欣慰。他静静地站在台下，远远地看着儿子，嘴唇微微颤抖着，眼角的皱纹挤出灿烂的色彩，或许，这一刻的愉悦和骄傲，足以融化掉往日所有的苦难与不幸。

比赛结束了，小海生毫无悬念地获得了冠军。在一片啧啧称奇的赞叹声中，查振全骄傲地让儿子骑在自己的脖子上，拎着一篮鸡蛋（冠军奖品）向家的方向走去，夕阳的余晖将父子俩狭长的身影染上了柔和的光晕，寂静的田野上蝴蝶飞舞，百花芬芳。

这是属于查海生的第一份荣耀，也是属于查振全的荣光时刻……

查振全依旧在回味着，当儿子嘴里如泉水般涌出一条条“语录”时，台下一浪胜过一浪的惊叹声，还有乡里乡亲拍着自己肩膀夸“你家儿子真是个天才”时的欣羡目光。

他无限唏嘘，查家祖祖辈辈都面朝黄土背朝天地生活着，能够识得方块字的压根就没有几个，如此聪明的儿子，他又如何舍得让他的命运如自己这般埋没在黄土之间！这一刻，查振全暗暗下了决心，哪怕自己再苦再累，一定要供儿子读书，供他走出大山，走上宽敞的大路。

或许，朴实的查裁缝还不懂得天才的真正意义，也不知道天才承受的寂寞和悲伤。有人说，所谓天才，他们扼住了命运的喉咙，也被命运扼住喉咙。或许，天才的人生注定了悲剧与不美满，一如海子。

但是天才的名字终究是璀璨的，那大放异彩的一抹颜色，终究不会被历史的诗篇抹去。

月亮下，有十二只鸟，飞过麦田，有的含起一颗麦粒，有的则迎风起舞，矢口否认……

第四节

时光·寂寞的花朵是春天遗忘的嘴唇

蔚蓝足迹，锦织旖旎，走在葱郁摇曳的童年时光，永不褪色的是可爱男孩天真烂漫的笑脸。一卷清丽春归，一片皓陌透晓，无论艰辛或坎坷，太阳永远向着的是赤子之心，那时的海子，还不是邋里邋遢的落魄诗人，也没有胡子拉碴的下巴。那时的他是个爱干净的孩子，黑色瞳孔里燃烧着热烈的火焰，光洁的皮肤上洒满了温暖的阳光。

他成长着，修炼着，在时光缓慢流淌的平淡乡村，终有一日，他会长成追逐阳光的胡须少年，站在梦想的山巅，笑看喧嚣纷乱的凡尘。

1968 年 9 月，查振全将五周岁的海子送进了村里那所破旧的小学，自此，顶着“天才少年”光环的海子，开始了自己的学生生涯。

泥巴搭建的课桌、简陋的椅子、小块的黑板……小海生新奇地打量着周围的一切，而他的小伙伴们，也在偷偷地打量着这个传说中的“天才少年”。那时，他是班里年纪最小的学生，个头也是最矮的，瘦小的身躯坐在中间第一排的位置，却依然需要费力地扬着脑袋才能看到黑板。

父亲看到这样的海子，不禁湿了眼眶，一股热流在心间翻涌。他暗暗发誓，一定要给儿子打造一双有力的翅膀，脱离赤贫，脱离庸俗。

而小海生，确实是有天分的孩子。他天资聪颖，语文的识字量达到了初中水平，学习能力、记忆能力以及领悟能力都是班里的佼佼者，成绩更是名列前茅。每一次，当背着大大书包的小小人儿佩戴着学校奖励的小红花走在回家的路上时，村子里的邻居们都会投来羡慕的目光，他们不明白，一辈子碌碌无名的查家，怎么就生出这样一个天才般的少年。

他是努力的，为了能够看清黑板上的字，他常常站着听课。对学习有着浓厚兴趣的海子，就这样站过一堂又一堂的课程，站过一天又一天的时间。后来，老师心疼他瘦小的身体，专门为他的长条子板凳加钉了几块厚木板，他坐下后终于能够看到黑板，但两只脚却只能高高悬空，触不到地面。

不记得是谁说过，天才不可怕，努力的天才才可怕。不知是努力，还是因为天分，每一次考试，他都稳稳占据着第一名的位置，把大红的奖状捧到父母面前。这大抵是查振全夫妻最开心的时刻吧，查家世代务农，庸庸碌碌，用脚反反复复丈量着村里那几条山路，心底早已只剩倦意，而儿子查海生，这个从未让他们失望过的“天才少年”，便是他们心间打破查家命运的希望。

当然，他的才情在少年时代也初现端倪，母亲曾为他打下深厚的阅读功底，他的作文是班里最优秀的，常常被老师当作范文诵读。他还过目不忘，口诀公式信手拈来，数字题目也难不倒他，当别的同学向他请教题目时，他提笔就能写出答案，费不上多大功夫。

他也是懂事的。不知是否应了那句穷人的孩子早当家，海子小小年纪便知道心疼终日为了吃食忙碌的父母，常常在学习之余做些力所能及的家务事。那时，他先后有了两个弟弟，命运总是这么颠覆，曾经被传不能有后代的查家，就这样有了兴旺的人丁。

只是，人丁兴旺了，吃饭的嘴也多了，生活的重担压弯了查振全的脊梁。他们是穷苦的农民，为了生计，只能让忙碌的日子更加忙碌。早熟的海子将一切看在眼里，自觉承担起长子的责任，照顾弟弟，割草喂鸡，在力所能及的范围内分担着父母的压力。

他又长了几岁，挺拔了几寸身躯，睿智了几分头脑，闲暇时光里，他开始背着箩筐，帮生产队打些猪草，为自家挣些工分，减轻家里的一些负担。那几年，早起上学的他总是就着热水胡乱吃些前夜冷掉的窝窝头，便奔向学校认真听课；中午放学归来，他先进厨房帮母亲烧水择菜，接着便背上箩筐去后山割草，他挽起裤脚，在蝴蝶的陪伴下，挥舞着镰刀和汗水，收获一笼满满当当的猪草。

在这小小的南方村庄，每一滴汗水都会有收获，哪怕这收获只是微薄的滴滴点点。村里年底清算时，他挣下的工分换回了几十斤粮食，虽然不多，却依旧让父母欣慰，也让他自己心里充斥着大大的成就感。

多年以后，他依旧记得，在割草的间隙，他抬头捕捉到的瓦蓝苍穹。劳动虽然累，但因为收获，一切都值得，更何况，还有这不经意间邂逅的美丽风景。那高远的天空，纯粹得如一碰即碎的玻璃；那阳光下的村庄屋顶，粘上斑斓的色彩，在少年的心里编织成五彩的花环，一直在记忆深处温润着炙热的心脏。

他是有灵性的孩子，受着农村土地的滋养，偶尔带出顽皮的天性。那时，村里普遍贫穷，吃不饱饭是常有的事，每每饿得受不住的时候，他便带领几个小伙伴，组成分队去公家的田地里拔萝卜，而他当然是分队的“总司令”，指挥着小伙伴们分工协作偷到香甜的萝卜。

每每偷到萝卜，几个饿得紧的小伙伴总是聚在一起，一边嬉笑打闹，一边吃得津津有味。有时候看田的老大爷逮到他们，也只是故作凶狠地训斥他们几句，便睁一只眼闭一只眼的不了了之。他是挨过饿的人，懂得饥饿的滋味，也知道生活的艰辛，便对这群半大的孩子们多了几分宽容，更何况，领头的“总司令”还是村子里有名的“天才少年”！

这便是海子的童年，有小大人般的懂事，也有少年意气的顽皮。谁的童年不多姿多彩，谁的童年不无忧无虑，当生活的棱角刚刚显露出小小的角落，他大口呼吸着自由的空气，迫不及待地追赶着一个又一个明天。他的身体，黑黑瘦瘦，但蠢蠢欲动的坚硬骨头，却为这瘦弱的身体积攒出无穷的能量。

我们的嘴唇第一次拥有
蓝色的水
盛满陶罐
还有十几只南方的星辰
火种最初忧伤的别离

岁月呵

你是穿黑色衣服的人
在野地里发现第一枝植物
脚插进土地
再也拔不出
那些寂寞的花朵
是春天遗失的嘴唇

岁月呵，岁月

公元前我们太小

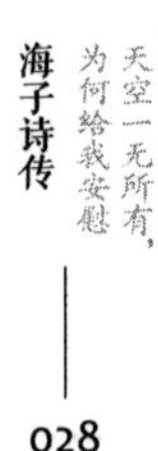

公元后我们太老

没有人见到那一次真正美丽的微笑

但我还是举手敲门

带来的象形文字

撒落一地

岁月呵，岁月

到家了

我缓缓摘下帽子

靠着爱我的人

合上眼睛

一座古老的铜像坐在墙壁中间

青铜浸透了泪水

岁月呵

——《历史》

岁月呵，岁月。他从时光深处走来，踏过童年、少年、青年，一天天长大，也在一天天老去，他的容颜，渐渐褪去稚气，又慢慢惹上苍凉，但唯一不变的，是这散落一地的象形文字。

公元前我们太小，公元后我们太老。青黄不接的年纪，总是让人禁不住回忆起年少时永不凋零的岁月。童年的日子里，他还是远近闻名的游戏王，常常是打仗游戏一方阵营中的“元帅”，带领着自己麾下的男孩子们，在尘土飞扬的战场上斗智斗勇，奋勇杀敌。

那时的他，颇具大将之风，不止精心布局，还制定出科学的战略步骤，总是杀得对方势力连连挫败，不情不愿地交出阵地。当然，有的时候，查元帅也会有一着不慎满盘皆输的时候，这时的他也会闷闷不乐，但也只是那么一瞬，到底是孩子心性，没有恐慌，也不懂寂寞，总能在新的游戏中得到欢乐。

后来的后来，当他抬笔写下“那些寂寞的花朵，是春天遗失的嘴唇”，脑海里浮现的便是这样欢乐的童年吧。打仗游戏结束后，他们一窝蜂跑去池塘边，在温热的水中洗去汗水和灰尘。有时候，他们还会顺带着采几节藕，你一口我一口地分享着同一份快乐。

只是，这别样的快乐让村里的父母们很是忐忑。池塘每年都有孩子陷在淤泥里溺水身亡，他们担忧着自家顽皮的那一个。每每一帮小伙伴玩得起劲时，便有大声呼喊孩子名字的大人气急败坏地奔来，听到喊叫声，有些胆小的慌慌张张上岸，被父母扭着耳朵回了家，有些胆大的便藏在水里躲避责骂，在换气时还不忘向着河岸做个鬼脸。

每逢这时，大人们便又气又急，只得向在河边洗澡的海子求助。他是孩子王，颇有几分威信，只见他不慌不忙地穿好衣服，中气十足地吆喝一嗓子“别玩了，回家”，那些湿漉漉的脑袋便一个个露出水面，乖乖上岸回家。

当然，查振全夫妇也不会同意儿子玩这样危险的游戏。每每发现顽皮的海子下了池塘，查振全便会狠狠地训斥他一顿，并将他关在房间不让出门，还用墨水在他的双脚上做标记。只是再严厉的打骂，也终究抵不过他那颗好奇的童心……

最后，失了方法的母亲只得编了另一个故事，她告诉海生说，池塘里有一种叫作“水猴子”的怪物，它很喜欢抓住小孩子的脚，把他们拖入深水之中，用淤泥堵塞七窍，直到夺去孩子的性命。这一次，听过母亲很多故事的海子被吓住了，再没有去过池塘探险。

最纯真的时光里，他度过了最无忧无虑的童年光景。那时候天是蓝的，麦田是绿的，日子是绚烂多姿的。岁月流淌，虽然没有牛奶，也没有面包，但他的日子，依旧过得行云流水，自由自在。

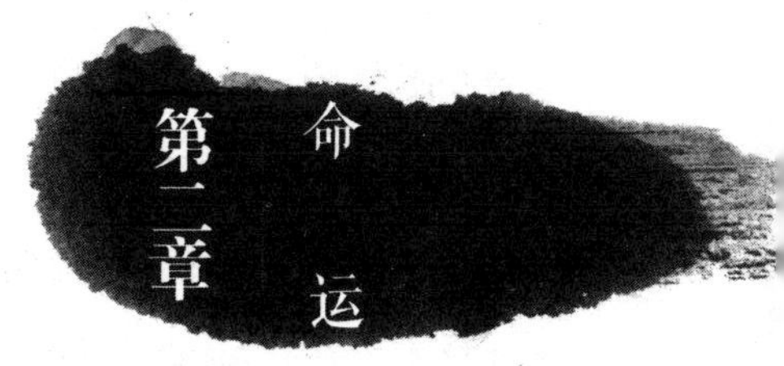

第二章 命运

不知风起何处，又将吹向何方

第一节

压力·沾满谷物与盲目的泥土

连绵起伏的丘陵之间，村庄是宁静的，也是热闹的，有袅袅炊烟，也有不知疲倦的鸡鸣狗吠。在这里，遗留下海子美好的童年，顽皮如他，总是带着小伙伴一起追逐着灿烂的火烧云；懂事如他，总是帮父母做些力所能及的家务事儿。有时候，成熟是一颗坚硬的石头，早早便烙在他的心底。

1974年，海子十周岁。这一年，他的第三个弟弟查舜君出生了，而他，也以全村第一名的成绩升入高河中学。新的学校，新的起点，读书于他而言，不是游戏，也不是玩笑，而是一块厚重的糙石，将他日夜打磨。

几何、英语、物理、化学、历史……初中毕竟是初中，课程比小学繁重了许多，还增添了让人眼花缭乱的新门类科目，“天才少年”的光环渐渐褪去，他在镇上的新学校开始了更加广阔的知识之旅。

在查家湾，初中文凭便是“精英”文凭，他曾经的小伙伴们，都想着混到毕业，拿到那张红色的毕业证书回村子开始世世代代的活计。而海子，依旧用自己的节奏预习、学习、温习，孜孜不倦地追求着。他懂得父母的期待，也知道学习是他攻克一道道屏障的唯一武器，他只有努力，别无选择。

只是，当学习不再单纯快乐，压力和心事便接踵而至。神经紧绷间，他学会了低着头走路，上课下课的途中，他背着那打着补丁的书包，一边走，一边低头踢着路边的石子，那瘦小单薄的身影，拉扯出孤寂的沉默。他或许在遗憾，那再也找不回的，不只是曾经一起疯跑的小伙伴，还有那肆无忌惮调皮玩耍的童年。

以前的夜里我们静静地坐着
我们双膝如木
我们支起了耳朵
我们听得见平原上的水和诗歌
这是我们自己的平原，夜晚和诗歌
如今只剩下我一个
只有我一个双膝如木
只有我一个支起了耳朵

只有我一个听得见平原上的水

诗歌中的水

在这个下雨的夜晚

如今只剩下我一个

为你写着诗歌

这是我们共同的平原和水

这是我们共同的夜晚和诗歌

是谁这么说过　海子

要走了 要到处看看

我们曾在这儿坐过

——《海子小夜曲》

还好，让人欣慰的是，他的成绩依旧稳居榜首。有努力，便有收获。他基础扎实，又聪明好学，上课仔细听讲，下课认真复习，是老师们喜欢的好学生。每每遇到难题时，老师们都很乐意为这个有着强烈求知欲的少年答疑解惑，还不厌其烦地举例说明，以便他更好地理解。

高河中学离查家湾有十几公里的路程，十周岁的他成了寄宿生。第一次离家，除了学习，他还要独自打理好自己的生活起居。犹记得，母亲送他去学校时那哭湿了的衣襟，他懂得母亲的不舍与牵挂，也知道父亲那双灼热的眼神，他明白，他必须笑着坚持。

当然，能让他日渐敏感沉重的少年心舒展起来的，便是每周回家的时候了。那时，他的两个大点的弟弟上了小学，正是活泼好动的年纪，他一回来，两个弟弟便围上来，搂住他的脖子，缠着他讲些新奇的故事。而他在这个时候，总是将书包一丢，一边笑着给弟弟们讲故事，一边麻利地烧水做饭。

他是个有魔力的孩子，当那些书上的一个个故事，从他的嘴中流出时，便成了最动人的音符，吸引住了天真顽皮的弟弟们。有时候，书上的故事讲完了，他也会自己声情并茂地炮制一番，听得弟弟们大呼过瘾，随后，他编织的小故事便会传遍整个查家湾……

晚上，干活的父母都已归家。他坐在母亲身边，一边搓着秸秆，一边看父亲在油灯下挥舞的针线和母亲编织的竹篮、草鞋。寂静的夜，温馨的家，父亲关切地询问他最近的学习和生活情况，而他也笑着说起镇上开朗的同学、和蔼的老师，说起苏联的新电影，说起一切开心的东西，他小小年纪，却已学会了报喜不报忧。

听到苏联新电影，弟弟们来了兴致，拉着他问东问西。查裁缝也舒展了眉头，难得放下手中的活计，嚷嚷着带全家去看电影……花好月圆，良辰美景，他们笑着，闹着，月亮爬上了夜空，星星也展露了笑颜。

第二天，他告别父母兄弟，返回学校，手里拿着母亲早就准备好的腌萝卜丝，这是他一周的菜肴，用来就馒头和稀粥勉强填饱肚子。即便是这样简陋的食物，也并不是每个人都能吃到。在学校里，有家

境比他还要差的同学，每天只能吃窝窝和野菜。海子看到后，很是同情，但又害怕伤害他们的自尊，便在每次吃饭的时候，一边邀请他们吃自己的腌萝卜丝，一边“兴致勃勃”地嚼着野菜。

学习之余，有时他也会如小时候那般，带着同学们去河里抓些“野味”改善伙食。夏季的河道总是挤满鱼虾，他又成了威风八面的“司令”，一声号令下，同学们纷纷跳入河中，你追我堵地抓到丰富的“猎物”。上岸后，他们架起火堆，烤出美味的佳肴，大快朵颐。

转眼一年过去，他步入了初中二年级。不知不觉间，中考已近在咫尺，升学的压力变得真实，他害怕自己考不上好的高中，害怕学业就此中断，害怕自己也要如村子里大多数的小伙伴那样，成为碌碌无为的农民……

从小的耳濡目染，他太懂得农民二字的含义，那是烈日炎炎下的汗流浃背，双脚终日泡在稻田间；那是一生辛劳，却只能在温饱的边缘喘息，那是他不想扎根的生活。我的未来在哪里？他叹息着，越发沉默寡言起来。

那时，他迷上了小说。在查家湾的童年，他总是读些零碎的报纸小文，或是小学语文课本中的短小故事。如今，他长大了，母亲的神话故事不再新奇，他需要新的精神食粮来填饱饥饿不安的灵魂，那偶尔得到的薄薄小说便给了他浩瀚无垠的梦幻世界。

有时是在学校的阅览室里，有时是家境好的同学带来的时髦小说，他爱不释手地翻阅着，跌进另一个世界，那里有斗智斗勇的英雄好汉，有比翼双飞的才子佳人，有凄苦吟唱的白毛女，还有向敌人英勇开枪的杨靖宇……

一个个文字，一个个句子，勾勒出完整的段落起伏。他读着，如痴如醉，每一次拿起书，时光便成了金色的飞贼，倏然而逝。

阅读对他来说，是一件十分享受的事情。海子每读完一本小说，便会高谈阔论一番，然后继续向周围同学借新的小说。实在借不到时，他也会通过各种渠道收集传阅，在他的带动下，他们班有一批同学，与小说结下了不解之缘。

有人说，如果一句话就可以说明一个道理，为何要讲一个故事？或许他们不曾体会过文字交织出的温暖情感，便不懂得艺术的神秘魅力。小说对于海子来说，不仅仅是心血来潮的娱乐消遣，而是神秘的心灵寄托，给他短暂抽离现实、逃离时间的纯粹感动。

但他从不在课堂上偷偷看小说。或许懂事的他太了解学习的含义，上课的时候，他总是聚精会神地听课，不交头接耳，更不做小动作。他尊重老师的劳动，也尊重知识的力量，他良好的品德操行受到任课教师的一致赞扬。

因为阅读，他的写作水平得到了大幅的提升。语文老师夸他的文章语言优美，构思巧妙，有着一股不同于农村学生的新鲜血液。村庄是单调的，村庄的教育模式也是单调的，而阅读打破了单调，他的文章，充满了各种新奇的元素，以及难能可贵的传奇想象。

十二三岁的年纪，因为小说，海子更喜欢一个人阅读思考。假日的村庄，阳光在树叶上打盹，小狗在门前酣睡，而他总是带着几本书，来到村边的小树林间，伴着鸟语花香，沉醉在书的世界中，直到太阳下山，母亲吆喝着喊他回家吃饭。

闲暇时，他与飞虫蚂蚁为伴，沉寂在恬静的时光里。有一次，他带回家一本古旧的《庄子》，翻出书便靠着柴垛读了起来，忘记了吃饭，也忘记了时间。他的母亲唤了他一次又一次，他都没有听到，母亲以为他去同学家玩去了，便没有在意，直到在傍晚的余晖下看到在柴垛边宛如雕像的儿子，他仍在阅读，轻轻翻动那珍贵的纸张……

庄子在水中洗手
洗完了手　手掌上一片寂静
庄子在水中洗身
身子是一匹布
那布上沾满了
水面上漂来漂去的声音

庄子想混入
凝望月亮的野兽
骨头一寸一寸
在肚脐上下
像树枝一样长着

也许庄子是我

摸一摸树皮

开始对自己的身子

亲切

亲切又苦恼

月亮触到我

仿佛我是光着身子

光着身子

进出

母亲如门，对我轻轻开着

——《思念前生》

王尔德说，伟大的事都发生在脑海里。这一次，海子沉醉了，忘却了时间，忘却了一切，脑海里只回味着智者庄子的足音……

海子也喜欢钓鱼。在明媚的暑假时光，他拿着自制的渔具，在门前的石头缝里挖几条蚯蚓，便在池塘边开始一段静谧安逸的垂钓时光。他钓鱼的技术并不高明，只能在运气好的时候钓上几条小得可怜的鱼，只是他不在乎，或许，他喜欢的钓鱼，只是喜欢的一种现世安稳的情调。

一个人的池塘边，天蓝水绿，水鸟纷飞，美得如同画卷。蛙声鼓噪，黄雀啼鸣，蝉儿也在声声叫着夏天，一切都是这样和谐。在一片美景中，他伸出双手，闭上眼睛，倾听着大自然的绝妙乐章，不知不觉间，升学的压力、杂七杂八的想法，通通消失在这温暖的阳光间……

转眼到了 1977 年，海子初三了，这一年，国家正式发布了恢复高考制度的消息，振奋着青年人的心。一个时代的拐点，也是多少人命运的拐点，海子看着学校中利用课余时间复习备考的年轻老师们，不禁震撼不已。生命无休，追逐知识的脚步不止，他除了勇往直前，别无选择。

有人说，高考是一场关乎命运的鏖战，亿万考生踩着钢索，义无反顾地向这座独木桥挤去，但有的人折戟沉沙，败得惨烈；有的人破釜沉舟，赢得光荣。但是，在十年动乱刚刚过去的时候，高考无疑是青年一代的希望与机遇，他们希望自己能突破重围，用知识改变自己的命运。

当远在查家湾的查振全得知了恢复高考的消息，心里是难以抑制的激动，他知道，这是儿子脱离大山的唯一出路，如今大门打开，梦想也就不再遥远。为了让海子安心学习，查父不再允许儿子帮家里赚工分，而要让海子的每一滴汗水都流在读书的路上。

或许，所谓的“知识改变命运”，在物欲横流的今天显得苍白无力，但在那时的乡村，它拥有着让人振聋发聩的力量。海子沉默着，踏入了追逐知识的洪流间，忘了有多久，他没有碰过爱不释手的小说；忘了有多久，他没有给弟弟们讲过有趣的故事。他肩上的书包日益沉重，他在如豆的灯光下，做着数不尽的题目，用疲劳打磨着梦想，敲击着思想。

功夫不负有心人，这年九月，他考出了漂亮的中考成绩，可以就读市里最好的学校。但是，他们付不起高昂的学费，贫瘠的现实将他拉了回来，懂事的他选择继续就读于自己的母校高河中学。

无论如何，中考的压力得到完全的释放，他拥有了继续冲击高考的机会，他的心情是舒展的、愉悦的。他站在后山坡，眺望着那不知伸向何处的铁轨，不禁心潮澎湃。远方朦胧，投射出点点微光，他想象着现代化的高楼大厦，更加坚定了自己的心声，走出去，外面的世界很精彩。

只是，那时的他还不知道，外面的世界，除了精彩，还有无奈。

第二节 承载·遮住的贫穷很美

以梦为马，浪迹天涯。有人说，贫穷的人，更能懂得流星的美丽刹那，而我说，会做梦的人，才能在梦想与现实间多出几分虔诚与专注。他是查家湾爱做梦的海子，虽然还不懂得镜月水花的苍茫缥缈，但那望向远方的眉眼，已写满执着。

我在一个北方的寂寞的上午
一个北方的上午
思念着一个人
我是一些诗歌草稿
你是一首诗
我想抱着满山火红的杜鹃花
走入静静的跳伞塔

我清楚地意识到
前面就是一条大河
和一个广大的北方草原
美丽总是使我沉醉

已经有人
开始照耀我
在那偏僻拥挤的小月台上
你像星星照耀我的路程

星月朗朗
野花的村庄
湖水荡漾
野花！
生下诗人
湖水在怀孕
一对蓓蕾
野花的小手在怀孕
生下诗人叶赛宁

——《跳伞塔》

有人说，理想是帆，指引着前沿。那么，站在后山的少年海子，他的理想便是脑海中呼啸而过的绿皮火车，载着沉甸甸的诗歌，也载着恢宏的希望，驶向未知的远方，撞击着他深埋在心路上的铁轨。

一条大河，一个广大的北方草原，活在脑海中的远方，总是美丽得让人沉醉。从高河中学高一（2）班窗口眺望外界的海子，不在乎一轮轮疲惫的挑战，他将寂寞与孤独装进行李，于是愉悦就变成了满心的憧憬。

他喜欢庄子，因为庄子习惯沉思，喜欢做梦；他喜欢卡夫卡，因为卡夫卡是思想的囚徒。他的身体依旧瘦小，他的双脚依旧寸步难行，但他的思维，早就乘着想象的翅膀，飘荡在五大洲间，他要如卡夫卡那般，打造一尊王位，做自己世界里的王。

还记得那段岁月吗？曾经的我们，哭过，笑过，吵过，闹过，也被高考狠狠折磨过，但光阴掠过，白云飞走，时间的沙漏早就漏掉了苦涩，只余下怀念。此时此刻，回首望时，高中时光竟是最美好最清澈的风景，如同琥珀般璀璨。

而如果我们继续搜寻属于海子的高中，就会发现虽然课业繁复，但那依然是这个文秀少年心间最灿烂的时光。那时的他，依旧懵懂着，不知道将会面临怎样的人生，但他依旧憧憬着，期盼着，那颗被麦香烘煨的心，童稚而纯挚。

风很美 果实很美

小小的风很美

自然界的乳房也美

水很美 水啊

无人和你

说话的时刻很美

你家中破旧的门

遮住的贫穷很美

风 吹遍草原

马的骨头 绿了

——《给母亲·风》

他努力着，仿佛已经成为习惯，学习是他走出大山的唯一稻草，他唯有努力。山外青山楼外楼，经过中考的大熔炉提炼，他成长了不少，但在新的集体，他的成绩并不拔尖，但是他时刻不忘警醒自己，时刻保持着学习的能动与自觉。几个月后，他成了班里的第一名，成了老师眼中最具可塑性的学生。

当时的高河中学，高中部是两年制的，这意味着，高一结束他便面临着人生第一个庄严的抉择——文理分科。文和理，一条界线，却划开了两种截然不同的人生。当时的海子，贪婪地攫取着每一点知识的养分，他每科成绩都名列前茅，这样的抉择对他无疑是个难题，事实上，连他的老师们都犯了难。

在老师们眼中，少年海子是一块珍贵的璞玉，打磨好了，以后必定前途无量。只是，不偏科的他，放弃任何一科，都是件可惜的事情，为了这个难得的资优生，为了海子的命运，几个老师聚在一起，严肃地讨论着……

在无数个失眠的夜，海子也在翻来覆去地思索着。站在分叉的路口，他第一次感触到命运的神奇，一颗滚烫的心脏，灼灼地跳动着。他是炙热的，也是谨慎的，界限的两端，少年海子慢慢沉淀着自己的心绪，在感性间做一个让自己和父母都安心的选择。

经过讨论，老师们善意地建议他选择文科。他们认为海子天资聪颖，记忆力好，想象力丰富，对文字的领悟力高出同龄的学生不知多少倍，选择文科一定会有好的未来。另外，更重要的是，他的数学成绩也十分优异，在普遍偏科的文科生里，可谓是绝对的优势，是他在高考时取胜的一大筹码。

这与海子的想法不谋而合。他虽没有老师们那样理性且头头是道的分析，但他渐渐发现，自己对方块字已经痴迷到无可复加的地步，阅读早就融入了他的血液，成了他不可或缺的一部分。他不能想象，如果他的人生中缺了书籍，生活将会如何单调，他觉得，如果舍弃掉

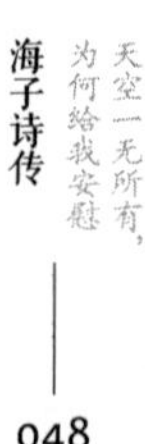

文学，自己一定会干瘪枯萎，化身为失了灵魂的稻草。

古老的文明，现代的诗绪，他喜欢的文字，早就变成一朵娇艳的花朵，在百转千回中将他温柔呼唤，他无法拒绝这样的回眸嫣然，答案也就呼之欲出。此时的海子，是固执的，也是专情的，他守着甜蜜的罐头，做着璀璨的梦，那晶莹的泪滴间，闪烁着的是少年明亮的双眸。

一个晶莹的梦，繁华了他壮丽的想象。他以为这是他自己的人生，也是他自己的抉择，却没想到，这样一个诗意的抉择，竟然会在自己质朴平淡的家中掀起轩然大波。

世世代代在黄土间卖命的查振全，深深爱着聪颖的海子，他希望这个从不让人操心的长子，可以远走高飞，以另一种高贵的姿态活在世间，而不是继续祖辈的悲哀，回归麦地，成为粮食的囚徒。

他听说，学理科的话，以后可以当工程师。他还听说，工程师有很高的社会地位，不仅工资丰厚，还很有职业前途。他是裁缝，知道一技傍身的重要，他相信，工程师的过硬技术，在哪都不会饿肚子，在哪个年代都不会被动荡倾覆。

他是大字不识几个的农民，或许不懂得儿子风花雪月的梦想，但却知道生活的艰辛，他只是淳朴地为海子打算，期望着他拥有轻松体面的未来。只是他却没想到儿子所谓的梦想竟然与自己的想法大相径庭，一时间，两个同样固执的人，互不退让，家里硝烟弥漫。

素来沉默寡言的查裁缝，狠狠地教训了海子一顿。这是海子第一次见父亲发这么大的脾气，在父亲激动的骂声中，他开始反思自己的做法，或许自己太过自私，他发现自己只顾着追逐璀璨的梦想，竟忘了考虑父母的考量；或许自己太过天真，在梦想与现实的夹缝里忽略了现实的力量……他低下了脑袋，或许，他需要重新审视自己，审视未来。

善良的母亲，将父子二人的冲突看在眼里，不禁长吁短叹。她懂得文字的魅力，也拥有过美妙到连自己都沾沾自喜的梦，但是她更懂得现实的磨难，虽然不愿阻拦追逐梦想的海子，但是她还是委婉地劝说儿子听从父亲的意见，换到理科班。

当选择走到梦想与双亲的两难境地，海子是痛苦的，一边是依旧叫嚣着的悸动，一边是父母的殷切期望，他不忍让日渐苍老的双亲伤心，只得忍痛放下梦想，他回到学校，向老师说了换到理科班的要求。

老师看他郁郁寡欢的模样，便细细问了原因。得知一切后，这个认真负责的老师不愿看着自己喜欢的优质少年的梦想断送，便决定亲自去他家里拜访一趟，尽自己最大的努力，说服海子的父母。

醇厚固执的查振全，对知识有着独有的虔诚，对老师也有着笨拙的敬畏。他小心翼翼地接待了远道赶来的老师，仔细地听着老师的每一句话，当他听到文科生日后也能找到一份体面的工作后，终于放宽心，同意让海子选择文科。他或许懂得并不多，但归根到底，却是实实在在地为了海子的未来能过得好。

上苍对海子一向仁慈宽厚，或许它也不想辜负这样勤奋努力的少年。时光静止，悄然无声，当忐忑不安的海子得知了这个好消息，心里的一块大石总算落了地。他笑了，笑得灿烂真挚。

欢喜间，漫长的暑假来临，海子回了家，依旧如往常那样，帮着父母做着家务农活。走在田垄间的查家湾人，总能在七月毒辣的太阳下，看到黑瘦少年忙碌的身影。他无疑是一个合格的农民，与麦田如此契合，不只能轻易分辨庄稼的良莠，插秧、施肥也做得得心应手，那不时挥动的双臂，写满了结实与强壮。

有些触动，是命中注定的缘。在滚烫的阳光里，他的双手触摸到麦芒的刹那，心脏也剧烈地跳着，血液逆流，他仿佛听到了大地之神的召唤，他卖力地劳作在田垄之间，任汗水流进眼睛也顾不得擦。他只要想到娇嫩的胚芽会变成金黄的粮食，便能在麦香氤氲的田间笑得满足。他如是写：

发自内心的困扰饱含麦粒的麦地

内心暴烈

麦粒在手上缠绕

麦粒大地的裸露

大地的裸露在家乡多孤独

坐在麦地上忘却粮仓歉收或充盈的痛苦

谷仓深处倾吐一句真挚的诗亲人的询问

幸福不是灯火

幸福不能照亮大地

大地遥远清澈镌刻……

有一种情结，长在麦地间。或许，当他在田里劳作时，这种情结便刻在了他的骨子里。后来，他创作了许多的诗歌，字里行间都逃不脱麦地的意象，那些在耧斗间流淌的金黄麦浪，幻化出金黄的汗水，在记忆里流淌出诗意……

第三节 亲情·乳汁的声音滴破耳朵

乡村的云

故乡

你们俩是

水上的一对孩子

云朵的门啊，请为幸福的人们打开

请为幸福

和山坡上无处躲藏的忧伤的眼睛

打开！

——《乡村的云》

她是仁慈的阿婆，在火炉边打着盹儿，她是闪着光芒的绿色岛屿，缠绵在他诗情的脑海，她是查家湾，是让他幸福的故乡。不记得多少次，查家湾在梦中若隐若现，不记得多少次，查家湾掠过胸膛，融进血肉。时光打马而过，他永远忘不了，那山坡，那云，那忧伤的赤子心。

成长拔节的年纪，生命的罅隙有喜悦，也有悲伤。多少个年年岁岁，春天是屋檐下蛛网兜住的露水，夏天是麦芒掠过手心的微辣，秋天是母亲做的美味面条，冬天是脚趾头微痒的冻疮，有时候，他也会怀疑时光从未溜走，那如影随形的贫穷，给他苦难，也给他温暖。

高河中学的住宿条件十分艰苦，海子在备战高考的同时，还要忙着应付“海陆空”三军来袭。所谓“海军”，是那侵袭的雨水。学校宿舍老旧，常年失修，屋顶上有几个破洞，每当下雨天，宿舍便淅淅沥沥个没完，成了名副其实的“水帘洞府”。苦中作乐的嘻哈少年们，一听到打雷声，便笑闹着拿起盆盆罐罐接雨水，生怕被褥遭了殃。

所谓“陆军”，便是那不时从角落窜出来的老鼠，它们身形硕大，贼头贼脑，经常在夜深人静时上蹿下跳，骚扰不断，有时它们竟然还在白天出没，偷吃饭盒里的食物，偷咬衣橱里的衣物，搞得小伙伴们一个头两个大。当然，最让他们头痛的，还是那嗡嗡乱飞的“空军”们。

所谓“空军”，便是宿舍里那大片大片的蚊子。炎炎夏日间，黏稠的空气里写满燥热，他们为了躲避蚊子们乌云蔽日般的叮咬，只好用被子将自己捂得严严实实，连脑袋也裹在其中。只是奈何暑热难耐，他们不得不经常伸出头换气，就在这短短的几分钟里，找到方向的蚊子军，毫不吝啬地一番叮咬，可怜的少年们，皮肤上起了一个又一个大包，奇痒无比。

恶劣的环境下，海子依旧奋斗着，也依旧保持着优异的成绩。苦难可以将一个人推进万劫不复的深渊，也可以给人浴火重生的力量。每日，他背着破旧的书包，往返在教室与宿舍之间，心无杂念地抓着人生的救命稻草。

日升日落，宁静山川，在反复到静止的岁月里，他将光阴下的每一寸风景，照出一帧帧影像，串联成最珍贵也最凝重的记忆。他知道，终有一日，他会离开这里，离开查家湾。

周末，他背着行囊，穿过日落的黄昏，走过田间的飞雨，迈进温暖的家。他说，在这个黄昏，我想到天才的命运。终是悲情的，无论是割了耳朵的梵高，还是最后卧轨的他，只是，第一次触摸命运的脉络，他的血液沸腾着，这个瘦削的少年，依旧在执着着自己的梦。

母亲早就在等他了。这个善良的女子，早就惹了风霜，但心思依旧细腻，她从自家的菜园子里选了几棵好白菜，细细切成丝，下锅，清炒，最后撒上一小撮盐，再滴上几滴醋，便成了最不可多得的美味佳肴。那时的油依旧是无比奢侈的东西，在这个困顿的家庭更是常年不见踪影，但海子仍然吃得香甜。

多年后，海子依旧记得母亲的白菜，那是记忆中最难以忘怀的鲜美滋味。有时，他会梦到躲在腾腾白雾后面清秀的脸，他看到在灶台前挥汗如雨的母亲，看到母亲身后弟弟们流着口水的馋嘴模样，他分明又听到母亲对弟弟们的话语："等到你们上了高中，妈也给你们做白菜吃……”

如此寻常的白菜，却是母亲眼中的奢侈品，她不舍得自己吃上一口，也不舍得给其他的孩子分享，只想着给辛苦了一周的长子改善伙食。她不是看不懂其他孩子们渴望的目光，但却只能狠狠心，说些安慰的话语。

每每看到这样的画面，海子都幸福得想笑，但氤氲的泪光模糊了双眼。当然，没有丝毫油水的白菜不见得多么美味，但因为亲情的滋润，一切便与众不同起来，他甘之如饴。

乳汁的声音滴破耳朵，在亲情的陪伴下，他的高中变得厚实而充盈。

其实，在喜好面食的查家湾，心灵手巧的母亲最拿手的还是面条。只是巧妇难为无米之炊，在那个食物严重匮乏的年代，她只有在收获的季节才能施展自己的手艺。金秋飒爽时节，父亲拿着家里分到的几十斤麦子换些面粉，母亲便活面擀面，一展厨艺，让辛苦一年的家人享受一餐难得的美食。

那时，一家人欢聚一堂，父亲的眉舒展开了，母亲笑得温柔，弟弟们埋在饭碗里吃得香甜。此情此景，海子只觉得幸福，活在这珍贵的人间，清贫又如何，只要一家人相亲相爱，苦难便遁为无形，稀释在岁月中。

古人云：“天将降大任于斯人也，必先苦其心志，劳其筋骨，饿其体肤。”温润如玉的少年海子，早就懂得苦难的真谛，也在用苦难打磨自己，执着而勤奋，像一盏苦苦燃烧的灯。

高考的脚步越来越近，墙上的倒计时揭了又揭，在压抑的氛围里，海子沉默备战，全力以赴。只是，在这紧要的关头，不幸降临在他的身上——长期的营养不良，再加上休息不足的过度劳累，他全身水肿，有时还一阵阵的发热发寒。

他咬牙坚持着，不想让父母担忧，也不愿节外生枝。只是身体的苦痛哪那么容易隐瞒，细心负责的老师发现了他的病情，急忙通知了父母。查振全夫妇沉默了，海子是他们最疼爱的长子，看着他因为营养不良而格外瘦弱的身体，他们心疼不已，也自责不已。那一刻，两夫妇暗暗发誓：即使自己过得再苦，也不能苦了孩子！

海子不再只吃腌咸菜了，父亲一周多塞给他几块钱，让他吃上了食堂的热菜。虽然那菜没有多少油水，味道也很不好，但至少是热的，也营养多了。他当然知道这几块钱背后的辛劳与汗水，脑海中不断浮现着父亲穿针引线的身影和母亲面朝谷仓的劳作姿态，不禁热泪盈眶。

可怜天下父母心，他懂得，父母的爱与付出，也懂得父母已然苍老，额头有了沟壑，两鬓染了风华。他暗暗发誓，自己一定会加倍努力，绝不辜负父母的期望，因为他们的每一分苍老，都是为了他，为了这个家。

悠悠岁月，浮生来回，在宿舍微弱的灯光下，他忘掉了“陆军”和“空军”的骚扰，一心沉浸在书海中复习着。明月中天的深夜，安静的老旧宿舍里只有书页翻动的声响，清淡的灯火打在少年的侧脸上，他鼻梁挺拔，嘴角坚毅，而身躯，却显得越发清瘦渺小。

距离高考还有短短两个月，海子在一轮又一轮的复习中，翻烂了六科教材，用掉了不知多少根笔芯，也整理了密密麻麻的笔记。他从不放过任何一个英文单词、任何一个数学公式、任何一个政治术语……为了检验自己对知识的掌握程度，他每天进行大量的题目演练，还经常与成绩好的同学互相提问，互相学习。

为了高考，他不遗余力。一模考试前，他已将书本中的所有内容都背得滚瓜烂熟，但是一模成绩却并不出众，只能排到中等的位置。翻阅试卷，他看着上面触目惊心的红叉，他内心惶恐不已。他不明白，自己明明已经这么努力，为何成绩却这样不尽如人意，这难道是上天的又一个玩笑？

带着满肚子的疑问，他去请教了老师。面对认真好学的海子，老师很是热心地帮他分析了原因。老师直截了当地夸赞了他扎实的基础，也直言不讳地指出，这扎实的基础却让他在做题时不能跳出教材，也不能形成自己的解题思路。最后，老师建议说：

“课本固然要熟知，但也须注重训练的方法，要多看别人是怎么总结、概括、归纳所要回答的问题的，这样才会形成清晰的解题思路，让阅卷老师一看即明白。做不到这一点，很难在高考实战中取得高分。”

听了老师的话语，海子恍然大悟。他向成绩名列前茅的几位同学借来样卷，细细研究他们的答题思路，并顺着他们的思路不断开拓自己的思维，每每遇到不懂的地方，他不是询问同学，就是请教老师，而对于他这样勤奋的好学生，老师们自然也乐意提供帮助。

二模考试开始了。根据这段时间的经验与教训，他笔触沉稳地写着一道又一道题目……一切都没有让他失望，这一次，他稳居榜首，并且高出第二名十几分，望着鲜红的成绩单，他长长地舒了一口气。

三模、四模……找到自己节奏的海子，成绩依旧在稳步提升着。看到这样沉稳的学生，任课老师们很是欢喜，同学们也纷纷向他请教做题的方法。此时的他，神采奕奕，一如童年时指挥小伙伴们“打仗”的“查将军”。

回忆如潺潺的溪水，静静流淌，滋润着心田，偶尔会有小石子投入波心，荡起层层涟漪——他已准备好，只等号角吹响的那一刻，厚积薄发。

第四节

圆梦·空声歌唱生活

有人说，性格决定命运，也有人说，命运掌握在自己手中。命运是一种很玄妙的东西，如影随形，又无形无体。它如同密不透风的蚕茧，将每个人包裹在自己的命格间，任凭前路光影迷离，扑朔迷离，却依旧只能勇往直前。或许，冥冥之中，一切真的自有天意。

是否还有人记得高考的最后模样，反正我的记忆只剩些零零碎碎的片段，而海子，也早已记不清当时考卷的题目。但他犹记得，那段岁月，那段往事，那如吸水的海绵般，轻轻挤压便慢慢渗出的淋漓血汗。

芙蓉花开，飘散的香气拂不平天气的燥热，也消不散内心的躁动，他随着人流走向自己的考场，只记得父亲殷切地希望着却又不敢流露的眼神，只记得他说："考试不要太紧张，大不了明年再来一次！"

父亲将他送到村口，拍拍他的肩膀，朴实的眼神里写满鼓励。大爱无声，他知道，憨厚的父亲虽然姿态笨拙，却是在为自己减压和鼓劲。他庆幸着，自己的家虽然清贫，却温暖贴心；他沉默着，他向父亲用力点了点头，便朝着学校的方向坚定地走去。

在那遥远的记忆深处，教室的风扇在吱吱呀呀地转着，少年海子坐在属于自己的小小座位上，身影是那样的渺小和不起眼，四周的陌生考生不少已是“叔叔”辈的年纪，有的在悄悄祈祷，有的在深呼吸缓解紧张，有的在故作镇定地摇头晃脑……

一切的一切，都是别人的心情，他闭上眼睛，让自己慢慢沉淀，他想起查家湾的麦浪，想起父亲的锄头，想起母亲的白菜，还有陪伴自己度过无数个夜的微弱灯光。回忆哽在胸口，他的心沸腾着，这一次，他要用坚毅的笔触，给青春一份满意的答卷。

深呼一口气，他睁开双眸，拿起钢笔，在试卷上庄重填上查海生三个大字。其实一切与平常的模拟考没有多少差别，他答得顺利，只是这只老旧的钢笔，增添了不一样的分量，划过的每一个汉字符号，都带出梦想的期待，如金色羽毛的钥匙般，为他叩响命运沉重的大门。

终于，他的笔尖画下最后一个句号，写下了圆满。认真的孩子最美，他的神经依旧绷紧着，大脑依旧飞速运转，他一遍遍地检查着试卷，直到铃声响起。监考老师开始收试卷，他看着窗外明晃晃的阳光，终于放松下来，露出满足的一抹浅笑。无论结果如何，这一刻，他是自己的国王。

走出考场，走向那明媚的人间，他感慨万千。高考来得迅猛，却也走得悄无声息。他想起，考卷收上去时的静默空气，他知道，那不只是一张淡薄的纸张，更是他们莘莘学子灿烂而沉重的未来，只是短短几分钟，一切便成了过去式，在熙来熙往的人潮间，一种恍如隔世的感觉油然而生。

他笑着走到在场外等待着的同学们与班主任之间。同学们迅速把他围了起来，嚷嚷着问他答案，他没有拒绝，一一如实说出，一时间，有人欢呼，有人哀叹，有人懊悔，有人吵闹着与他争论……他听着，不争不辩，谁都不是圣人，他知道自己的答案不是标准答案，他只是尽力做出最好的自己，如是而已。

人潮散去，他慢慢向校门走去，竟然看到了父亲凝视的身影。所有的惊喜都没有这一刻来得浓烈，他疾步向父亲走去，沉默地拥抱住同样沉默的父亲。一切尽在不言中，此情此景，千言万语都抵不过拥抱的温暖。

在考场奋战的日子里，他不知道憨厚的父亲是多么的寝食难安，如坐针毡，也不知道善良的母亲是多么虔诚地下跪，祈祷许愿。他只是小声地对父亲说："如果不出意外，应该……"

话到了嘴边，又慢慢咽下。他有着不喜吹嘘自己的谦逊，而父亲却读懂了他话音外的意思，他那满是沟壑的脸，露出舒展的笑意。望着这样的父亲，海子舒了一口气，他知道自己所有的一切可能，都是父母的呕心沥血换来的，如果可以，他愿意用自己最大的努力，换父母家人的如花笑靥。

父子二人走到宿舍，打包为数不多的行李，也打包两年的厚重记忆。原来，高考不止指向明天，还意味着告别，告别青春，告别高中岁月的点点滴滴。他是如此的不舍，那墙上的誓言、枕边的小说、破旧的饭盒，还有缺了一角的脸盆，都在撩拨着温情的回忆，他知道，熙熙攘攘的青葱岁月，就这样落下帷幕。

“有没有那么一张书签，停止那一天，最单纯的笑脸和最美那一年……” 突然想起阿信如烟般缥缈的吟唱。生命浩瀚，似贼的时间偷走一切，如果可以，海子也不想告别，他想留住岁月，留住满天回忆。只是，时光溜走，抓不住，也带不走，那些缱绻的留恋，只能化作眼角一滴遗憾的泪。

父亲把比较重的东西尽数扛上自己的肩头，拍拍海子的手臂，示意他该回家了。海子拿起剩下的零碎物品，最后望了一眼冷清的校舍，跟着父亲，踏着蝉鸣，告别了高中的校园。

十几里的路程，他们走得飞快。如果说，告别是为了最好的重逢，这一刻，他思念至深的是他温柔的母亲，他想要尽快赶回去，再次感受那细腻的疼爱。天还没黑的黄昏，他们回到了查家湾，回到了亲切熟稔的家。站在门前，望着自家屋顶上袅袅升起的炊烟，敏感的少年只觉温暖；他丢下东西，快步走进家门，轻轻呼喊着，妈妈。

母亲也一直在等着他。她迎上来，温柔地拉起他的手，将他带到餐桌旁，原来，她早已准备好丰盛的美味佳肴，等着晚归的长子。这天晚上，他吃着父亲不住夹给他的菜，吸溜着母亲擀的面条，眼角突然渗出泪水。这一顿，他吃得很饱，很满足。

吃饱喝足，他抹抹嘴角，径直爬上床呼呼大睡。几天高考，他早已心力交瘁，如今，回到温暖的家，寻到归处的海子，倦意慢慢袭来，他需要一个安稳的床，沉沉睡去。

母亲站在床头，心疼地为他揩去额头的汗珠。月光下，海子的睡脸依旧稚气，她突然想到童年时分顽皮的小人儿，时光如梭，那个稚嫩的小肉芽早就挺拔了身躯，长出坚毅的轮廓，但这安静的睡颜，却让她知道，海子依旧是那个需要她细细呵护的小人儿。

今夜美丽的月光 你看多好！

照着月光

饮水和盐的马

和声音

今夜美丽的月光 你看多美丽

羊群中 生命和死亡宁静的声音

我在倾听！

这是一支大地和水的歌谣 月光！

不要说 你是灯中之灯 月光！

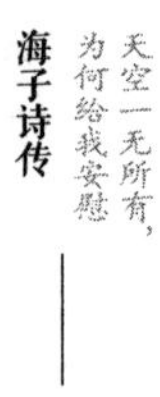

不要说心中有一个地方
那是我一直不敢梦见的地方
不要问 桃子对桃花的珍藏
不要问 打麦大地 处女 桂花和村镇

今夜美丽的月光 你看多好！
不要说死亡的烛光何须倾倒
生命依然生长在忧愁的河水上
月光照着月光 月光普照
今夜美丽的月光合在一起流淌

——《月光》

今夜的月光真好。在查家湾温柔的夜，安静睡着的儿子，和静静伫立的母亲，构成了世间最和谐温馨的画面……

第二日清晨，第一缕阳光从门前榆树叶中洒落，村庄的阡陌在晨光中渐渐清晰，海子在枝头麻雀叽叽喳喳的歌唱声中苏醒，宛若重生。这一夜，他睡得香甜，只觉神清气爽，一种安稳坚定的力量充满全身。

弟弟们去上学了，母亲正在擦拭柜子，而他抬眼便看见床头边洗脸的温水。一股暖流拂过心间，在家的感觉真好！他轻手轻脚地起床，叠被子，洗脸刷牙。这时母亲进来了，笑着说，早饭在桌上。

多么美好的生活。稻花香，飞燕忙，没了压力，也失了烦忧，海子每日沉浸在父母浓郁的爱中，幸福得无以言状。

估分的日子到了。在父母的叮咛下，他按捺着自己迫不及待的心，向着学校快步走去。最后一次坐在教室，手里捏着老师发下来的标准答案，即使胸有成竹的海子，内心也不免有了忐忑。他小心翼翼地翻阅着，默念着老师交代的估分原则，仔仔细细地算了一遍又一遍，终于得出了一个稳妥的分数。

350 到 370 分之间，他估算出的分数很高，上一所重点大学完全没有问题。这一次，他笑了，笑得心满意足。

接下来，便是填报志愿。查振全夫妇是憨厚的农民，不懂得分数线，更不知道怎么选学校。亲戚们知道后，纷纷为他们出谋划策，其中一位在高校任教的远房亲戚建议查家的大儿子报考上海复旦大学，并洋洋洒洒地列出了三条原因：一，分数稳妥，录取概率大；二，上海离安徽近，生活习俗差别不大，海子能够更好地适应；三，复旦是老牌名校，培养出一批又一批的人才，海子去那里一定可以学有所成。

条条点点，亲戚的这个建议说到了查振全夫妇的心坎里。儿行千里母担忧，他们希望儿子未来的学习生涯平坦顺畅，也想要儿子能够离自己更近一些，复旦大学无疑是一个不错的选择。

知道海子的估分后，班主任老师又细细研究了一遍，他觉得海子的实际分数一定比估分高，他这样的成绩，完全可以冲刺国内最高学府——北京大学。为了不让遗憾发生，认真负责的他特地找到了海子及他的父母，进行了一次关乎少年命运的长谈。

北京，一座遥远的城，一个伟大的梦。那里是祖国的心脏，在查家湾祖祖辈辈的质朴思想里，北京是闪耀着璀璨光芒的首都，是自己终极一生都没有可能踏上的土地。而如今，查家湾走出了海子，也走出了奇迹。

海子心动了。天安门、八达岭、故宫、颐和园……那些曾在书本里读过的迷人风景，全部从记忆中浮凸出来，他不由自主地憧憬着，憧憬着这座祖国的首都城市。

在查振全夫妇眼中，北大只是一个符号，他们不在乎海子在哪所名牌大学念书，只想着他能在毕业后找到份衣食无忧的好工作便可以了。老师笑着说，北京大学是全国最高学府，那里有最优秀的老师和最优秀的学生，发展空间很大，毕业后一份安稳可靠的工作肯定手到擒来。

老师的一席话，彻底安了夫妻二人的心。虽然离家千里，北京是如此遥远，但为了儿子的前程，他们同意了海子填报北京大学，并且为他选择了法律系。志愿书交了上去，海子和老两口有激动，也有忐忑，但这份志愿，百分之九十不会落空，北京大学注定成为他的母校，他的第二故乡。

当大红的录取通知书辗转送到查家，整个查家湾沸腾了。这一刻，海子欢喜地冲出房间，对着天空大声呼喊，释放着所有的情绪。多年的苦难和奋斗，终于换来了这张薄薄的通行证，一切都是如此值得，他轻轻吻着通知书上的北大校徽，流下了最兴奋的眼泪。

靠着古城墙

就像倚着一个坚实的世界

追随鸽哨

让自己消融于渐渐蔚蓝的天空

穿过绵长的林带

把眼神系上一株普通的白桦

草丛中一条小溪

一旦被发现，就是河流

——《期待》

圆梦，空声歌唱生活。或许，他便是那草丛中的小溪，怀着坚实的期待，潺潺地流过时光。如今，他终于被发现，成了河流，涌向那繁华的国都。他抬起头颅，在天上洒落的斑驳树影间，满足地闭上了眼睛。这一次，他从千军万马中冲出，登上了梦中的王位。

第三章 新生

北方星光照耀南国星座

第一节

城市·春天向外生长

城堞一方
低矮的装饰着流水谷地
玉米红色的缨儿在我潮湿的嘴唇燃烧
几只瓮子盛着仅有的一切
在你离去的时候
别的种子还在泥浆中沉睡
连同那些擦身而过的草原
我迷失了方向
坐在这里
其他的迷路人却把我当成了山口
出出进进
后来我睡在果园的根里
我就居住在

冬天和春天之间

那几层黑土里

不必叫醒我

随便摘些新鲜的叶子

盖上我痛苦中深深的眼窝

我的手指枯瘦地伸向河流

直到水流消失在

另一只混浊的眼睛里

天空太深

月亮无声无息地落进

孩子们

从正在成长的青春背后

突然伸出一支又一支手臂

我摇着小船

离开这里

河岸上许多高高的立着的是梦

铺满芦花和少女

面对沃野千里，你转过身去

双肩卸下沉重的土地

梦想安息

……

——《河流·母亲的梦》

告别在夜晚悄悄进行，来不及唤醒熟睡的村庄，海生就匆匆上路。脚下的土地发出咯吱咯吱的声响，搅动着他的心弦。他的心情是复杂的，曾经做梦都想逃离查家湾的土地，而当这一刻终于来临时，他竟然有些不舍。星空高远，蛙鸣阵阵，平日里司空见惯的东西此刻都有了生命，那是他的朋友，那是他成长的伙伴。查家湾，这个柔软的胎盘，孕育了他温热的生命，从胚胎到果实，向上的力量都来自脚下这片土地，告别，不是件容易的事。

然而他心里更多的是憧憬，他幻想着脚下的小路变成北京的柏油马路，周围的山丘变成高耸的大厦，天上的星星成为璀璨的霓虹，还有满地乱爬的蟋蟀，一定是城市川流不息的汽车。这样想着，他情不自禁地笑起来，脚下的步伐也更加坚定……

最贴近心脏的地方，红色的通知书还带有温度。家里凑的十五元钱被母亲缝在衣服里，少年穿着一双胶鞋，提着一个笨重的木箱子，一步一步向火车站挪动，这是他第一次乘火车，一路向北。

北大，这是个令所有年轻人心神荡漾的神圣之地。无论是新文化运动中走出的杰出大师，还是兼容包并的办学思想，都在向全国的杰出学子发出召唤。这里是举国闻名的梦想摇篮、培育大师的学术温床，来自五湖四海的鸿儒俊彦们，将在这里切磋技艺、挥洒青春。于海生而言，这是一个谜一样的世界，让他的心脏狂跳不止，心中波涛汹涌，他愿意动用他的全部神经触角，细细感触这个古老的学府，走近她，触摸她，然后与她一同沉淀。

北大的校门虽然不够恢宏壮观，但古香古色的门匾就已显出她的厚重和大气。海生站在人来人往的校门口，抬头瞻望，“北京大学”四个烫金大字深深烙在海生眼里，有些灼热，有些急迫。少年怔住了——直到一位热情的师兄拍了拍他的肩膀，帮忙拎起他的木箱，他才回过神来，赶忙向师兄道谢。

报到的第一天，北大校园里熙熙攘攘，热闹非凡，穿着时髦的年轻姑娘们聚在一起兴奋地拍照留念，自行车在校园里随意穿梭，还有三三两两异国的面孔，在开心地说着什么；未名湖边，柳树招摇，有人竟不为这一份热闹打动，自顾自地练习着英语……海生走在校园中，觉得眼前的一草一木都是神圣的。恢宏的图书馆，激起他久违的阅读热情，身边人讨论的话题，也引起他强烈的好奇心。一路上，他向师兄问个不停，师兄耐心地向他一一解答。是啊，哪一个初来乍到的学子不会对这里的一切感到好奇呢？

北京大学的校徽由鲁迅先生于1917年8月设计完成。“北大”两个篆字的上下排列，其中“北”字构成背对背的两个侧立的人像，而“大”字构成了一个正面站立的人像。校徽突出一个办学理念，即大学要“以人为本”。大学，因大师而大，更因大学生而大。也有人说，上面的是学生，下面的是老师，教师就是要甘为人梯；学生站在巨人的肩膀上，就是要青出于蓝胜于蓝。海生小心地将校徽别到胸前，从今天起，他就正式成为北大的一员。

在北大，海生经常看见一位耄耋老人，他总是坐在墙角的青石板上，若有所思。有时两人的目光碰到一起，老人会报以善意的微笑；久而久之，两人似乎形成某种默契，每当海生路过，老人就会抬起头，报以微笑。后来他才知道，这位老人竟然是大名鼎鼎的朱光潜先生，与自己来自同一片土地安庆。他感到，老人瘦弱的身体里，埋藏着无数宝藏，他阅读过《西方美学史》，惊讶于这样一部巨著竟然就是由面前这位看似平凡的老人所写就。

在后来的了解中，海生对朱先生更加敬佩，这位老人常常拿自己的退休金资助家庭贫困的学生，他为学生买火车票的事人尽皆知，即使已经享誉海内外，这位老人的生活仍然简朴，从容，低调。

这就是北大，出现在校园里的每一个不起眼的人物，都可能是造诣了得的学术巨擘。他们和普通学生一样，穿行在校园里，他们的大脑里，却装着不同于常人的思想。在这样的环境下，北大的学习氛围可想而知，自习室里夜灯常亮，图书馆里人满为患，每个人的生活都忙碌而充实。告别了封闭的乡村，海生第一次投入这种紧张而愉悦的生活中，感觉自己像进了天堂。

唯一不习惯的是，吃惯了南方的稻米，海生对北方的面食不太中意，他的胃常常抗议那些汤汤水水的面条。在学校的食堂里，海生经常出现在米饭供应处的长龙中，然而米饭的价格比面食贵，往往打了米饭，就没有多余的菜钱，没办法，海生只好就着最便宜的咸菜吃米饭。

班级里，查海生是最年幼的学生，个头也不高，同学们都对他照顾有加。还不能适应普通话的他，常常笨拙地操着一口怀宁方言，为“L”和“N”咬到舌头，惹得同学们哈哈大笑。作为善意的回击，他也常常模仿其他同学的河南话、四川话。

当然，大多数时候，他和同学们总在激烈地讨论问题。那是80年代初期，国门刚刚打开，无数外国思想就涌进来。北大，作为全国的智库所在，理所当然成为这一波思想的接纳者。卢梭、孟德斯鸠、约翰密尔、哈耶克……这些外国人成为同学们嘴里的常客，海生也不甘落伍，经常跑到图书馆借阅最新的图书资料，啃食完毕之后，意犹未尽地和同学侃侃而谈，是北大，给他打开了一个面向世界的窗户。

闲暇时间，他给家里写了一封信，内容如下：

亲爱的爸爸、妈妈、弟弟们。我很想念你们，我喜欢上这座古老的大都市，大都市的繁荣美景是你们不能想象的。

刚来的时候，我忙着注册。注册好学籍，一时竟找不着自己的行李，这让我满心焦灼，多亏了我的那些来自五湖四海的好心同学们和我的辅导员老师，得知情况后，都帮着我寻找。找到行李后，又帮我背回宿舍，他看我小，帮我安置，一切都井井有条。

我的同学都很有素质，对我这个来自乡下的同学一点也不嫌弃，在生活上、学习上处处帮助照顾我，我和他们相处得十分融洽，都快成为一家人了。

北大是所名不虚传的大学，我在这里生活、学习得很愉快。

请爸爸妈妈放心，我一定会好好努力，为你们争气。

请你们保重身体。

儿子：查海生

这是在外的游子对家的一份牵挂，这段朴素的家书，勾勒起少年的轮廓，这是一个执着而孤独的背影，怀里抱着一摞厚厚的书籍，从图书馆疾步向外走去。海子大量的时间都在自习室中度过，宿舍只是晚上回去睡觉的地方。读书累了，借着明亮的灯光，少年想起遥远的查家湾，于是提笔给父母写信。

读儿子寄来的信，是查振全夫妇最开心的时刻，打开黄色的牛皮纸信封，抽出那洁白的信纸，摸着印有“北京大学”四字的信笺，夫妇俩觉得神圣又亲切。收到信后，通常是操采菊念给丈夫听，偶尔有不认识的字，还要向儿子们请教，查振全一边干着裁缝活计，一边竖起耳朵听着，总担心孩子在学校是不是有什么困难委屈，听说他在学校过得不错，老两口就放心了。他们把来信叠好，仔细放在箱子里，然后把三个儿子叫到面前，语重心长地说道：“要向你们的哥哥学习。”

海生不会想到，自己的信对家里人那么重要，渐渐地，他感到学习的时间越来越长，写信的时间却越来越短……

他与北大，似乎是相见恨晚的情人，从到来的那一刻，就恨不得将她揽入怀中。他试图读懂她的每一根花草、每一块石板、每一本古旧的藏书，可是她如此神秘，如同蕴含无限可能的宇宙。他不忍抽离，

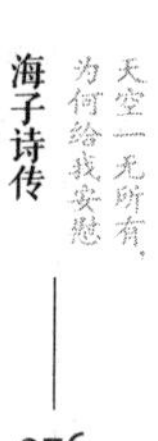

这本百年大书，每一张都散发着历史与时代的清香，与高河中学的学习不同，这里的知识是可以自由选择的，任何人都可以怀疑真理，任何人都可以质问权威，你愿意停下就驻足欣赏风景，你愿意前进就大步奔向未来。

还有北京，这座飞速运转的大都市。每当海生走出静谧的校园，都有一种被繁华淹没的感觉。全国的新兴事物最先在这里出现：奔驰轿车、BP 机、蛤蟆镜……最初海生对这些东西感到迷惑和费解，对时髦的玩物总有一种本能的排斥，但渐渐地，身边的同学都流行起这些时尚，时常有蓄长发的“颓废派”在校园出现，也有年轻人凑在一起玩摇滚……

处在这样的氛围之中，海生不可能不受到感染，只是他自己也不明白，什么才是属于自己的狂热……

第二节

心灵·万里无云 如同永恒的悲伤

这一年，海子只是十五岁的少年，没有蓄起胡须，也没有尝过烈酒。当诗人还未成为诗人的年华，他带着单纯的追逐，从蛙声蝉鸣中走来，走进北大，走进行色匆匆的满城繁华。

陌生的城，炽烈的情，他从生活的点点碎片中，拼凑出最温暖的时光。有时，他也会醒在夜深人静的夜，想念着故乡蛐蛐的欢快叫声，但北大的校门，在他心里打开了另外一扇窗，不断放映着令他目不暇接又难以割舍的风景。

相见恨晚，忘情沉醉。北大是他情窦初开时的情人，他迷离其中，慢慢在一呼一吸间，学会思考，学会深刻。

他永远记得，走进北大校门时，眼中那藏不住的真挚笑意，那是灿烂奔放的光芒。他也会永远记得，当别人问他为何选择北大时，自己轻轻浅浅地回答：因为知识。简短四个字，他用一语道尽毕生追求，这里的氛围流淌着浓浓的文化底蕴，初进北大的一颗学子心，只是想徜徉于知识的海洋，如是而已。

在北大，他的专业是法律。一板一眼的条文，有条有理的约束，法律犹如将北京城紧紧包裹的环路，刻板严肃地压抑着他缥缈灵动的世界。事实上，他对这门有些陌生的学科并没有多大兴趣，习惯了村庄随心所欲的蜿蜒小路，怎么能爱上没有丝毫惊喜的刻板冰冷?

他沉默了。

沉默中，他听到自己用带着怀宁口音的绵软普通话对同学说：“我不喜欢这么厚的教科书，这会让我疯掉的！”

沉默中，他听到同学缥缈的回答：“我们的世界有月亮和太阳，可月亮和太阳也是我们可以到达的地方，既然头脑中的一个概念可以成为现实，一门学科又算得上什么。”

是啊，一门学科又算得上什么。只是，现实与梦想之间的差距，不是三言两语便能撩拨清的。在他这颗年轻感性的心上，其实早就同意这样的答案，但却依旧有着不愿妥协的不甘，只能在面上打着哈哈，依旧沉默着。

在五谷丰盛的村庄我安顿下来

我顺手摸到的东西越少越好！

珍惜黄昏的村庄

珍惜雨水的村庄

万里无云如同我永恒的悲伤

——《村庄》

在海子的诗歌中，村庄是随处可见的意向。走进北大的他，依旧想念着查家湾芳香的麦地，或许，在他的意识里，也不过把北大当作另一个村庄，那里有珍惜的黄昏，有珍惜的雨水，还有很多琳琅满目的稀罕玩意儿，只是他依旧永恒地悲伤着，因为他想要触摸的，不过诗歌二字。

他对老师说："我可能静不下心来。"

同时，他还对自己说："我的心是为爱准备的，我的湖泊是为爱我的人和我爱的东西准备的。"

看着有些怅惘的海子，老师微微一笑，轻声问他喜欢什么书。而他不假思索地回答说："我喜欢梭罗的《瓦尔登湖》。"

诧异的老师禁不住惊呼："这么静的一本书！"

海子回答说："在这本书中，梭罗从来不拒绝别人进入他的世界，也从不阻止别人离开他的世界，这就是我所需要的。"

他只是想要一抹平静的内心而已。他喜欢下午，因为距离晚上最近。有时候，一个人，一个安宁的下午，他可以从泛着微红的太阳中，看到蓝色的风，看到飞舞着的黄金麦浪，看到红色的生活，看到灵感的斑斓色彩。

心境如水，他一直认为，平静的内心，如同一汪深深的湖泊，偶有涟漪也是点缀。梭罗有他的世界，如瓦尔登湖那般澄澈透明；而海子，也有自己的完整世界，在他的世界里，有太阳、月亮，有母亲、姐姐，有奔跑的马匹，有面朝大海、春暖花开的希冀……

他沉默着，颔首思索，眉头一抖一抖的，如同两弯黑色的月亮。突然，天地旋转，月亮掉落，土地塌陷，他在轰隆隆的声响中惊醒，发现一切不过是一场梦。老师，同学，自己，心潮起伏处，他与自己完成了深层次的心灵沟通，如今，他醒了，月亮依旧安稳地挂在天帷之上。

他打开窗，盯着月亮看了足足五分钟。五分钟，漫长如一个轮回，他依旧沉默着，不知想了什么，或许什么都没想，然后，他开始左右摇晃脑袋，一下、两下、三下，直到月亮被拉长成母亲手里捏好的面片，直到世界迷离，思维模糊……

这是海子小时候喜欢的游戏，乐此不疲。他慢慢增加脑袋摇晃的幅度，月亮变成了细细的面条，他转动脑袋，月亮又成了黄色的蜡笔，在深蓝的天幕上随意涂抹。这一刻，他笑了，因为他知道，那月亮还在，依旧与小时候一模一样。

他打个哈欠，躺回床上沉入深深的睡眠。这一次，他梦到自己大学毕业，成了法律造诣深厚、令人瞩目学者，如同处在人生巅峰的神气大师，大摇大摆地在街上行走，有时学青蛙那般迈着大步，有时学山羊那般踱着碎步，有时学老虎那般抬头挺胸，威风凛凛……

在梦中，他走啊走，但却没有看到一个人，不满意的他拿出大喇叭，对着街坊邻居大声喊着："嗨嗨！都出来吧！都出来！让我看见你们！我见了你们每个人都爱！让我都看到你们！"

想象，让梦的空间无限大。他走出了大街，双手扬向天空，一沓沓的钞票纷纷落下，化成金色的麦粒，南风吹过，一层层的绿色麦浪卷起波澜……他是爱做梦的孩子，纯粹，烂漫，他的梦，生长在现实与梦想之间，却独独少不了无法割舍的麦地情结。

梦醒时分，他回归现实。这一次，这个怅惘的少年懂得了什么，他决定接受法律，坦然走进法律的宏伟殿堂。

因为懂得，脚下的路，他可以走得更坚定。但是羞涩如他，上天好像故意给了他腼腆，给了他一张薄薄的脸皮儿，让他习惯在笨拙的语言间习惯思索和沉默。在北大这个群雄竞技的舞台上，来自偏远村庄的海子是孱弱的，他呆笨的嘴巴说不出漂亮标准的话语，瘦小的身躯也撑不起沉重的梦想。

英语一直是他的噩梦。多年的应试教育早已让他习惯了"哑巴英语"，但在大学自由开放的英语课堂上，他拙劣的发音总是让自己开不了口。事实上，他是喜欢英语的，喜欢那古老蜿蜒的字母和错落有致的发音，也为那原汁原味的英文名著深深着迷，只是听着别人流利的英语对话，羞涩和自卑便挤满心头，他怯怯不敢发声。

老师和同学们将一切看在眼里，便偷偷帮着腼腆的他学习英语。

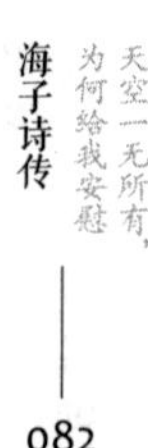

在课堂上，老师总是让他发言，无论他回答得如何，都不遗余力地夸他的进步；在宿舍里，可爱的舍友们总是用英文对话，让他在不知不觉间参与其中。时间慢慢流淌，他的自卑与不自在都渐渐逝去，英语成了他生命中自然而然的一部分，他甚至会主动发起英语话题，畅谈一二。

潜移默化间，改变就已发生，只是他依旧是那个少年，依旧喜欢阅读，喜欢麦田，喜欢站在天空下，抚摸微风下的麦浪。他依旧爱做梦，只是他的梦起了变化，他开始频繁地梦见无垠海洋。行走人世间，他从未去过海边，但梦中的大海湛蓝一片，真实到可以触摸浪花的温度。

大风吹过，蓝色海洋变成了绿色，太阳照耀，绿色又成了金色。在梦中，他久久伫立，看层层大海，染上麦子的诗意。原来，最让他沉醉的，依旧是微风拂面下的无边麦浪。

在北大，海子最喜欢去的地方，依旧是图书馆。博尔赫斯说，天堂应该是图书馆的模样。北大的图书馆，有着比高河中学多得多的藏书，那一排排古香古色的书架，那一本本分列有序的书籍，是海子最爱的天堂。

从久远的先秦古籍，到外国经典名作，他用手指轻轻划过纸张，贪婪地吮吸着油墨的清香。一本小小的书，一段心无旁骛的时光，他如同久旱的土地，迫切地用文字的精华浇灌自己。没多久，他便读完了老师推荐的书目，并继续向历史、哲学、宗教等广阔领域涉猎。

读书时的他，散发着沉静的光辉。他如同朝圣者那般，一路虔诚地阅读，一路活跃地思考，不断叩问着生命的原始意义。

北方的冬天带着刺骨的寒气，于是，有暖气的图书馆变成了同学们的争抢之地，尤其是临近期末的时候，有限的座位更是紧张。为了一个小小的座位，为了安稳的读书，海子总是天还没亮便去图书馆门前排队等候，不顾在寒风中瑟瑟发抖的身体，也忘记饿得咕咕叫的肚皮，图书馆是他不可或缺的精神食粮。

在冬天放火的囚徒
无疑非常需要温暖
这是亲如母亲的火光
当他被身后的几十根玉米砸倒
在地，这无疑又是
富农的田地

当他想到天空
无疑还是被太阳烧得一干二净
这太阳低下头来，这脚镣明亮
无疑还是自己的双脚，如同核桃
埋在故乡的钢铁里
工程师的钢铁里

——《给卡夫卡》

或许阅读于他，便是一场与伟人交谈的梦，看似天马行空，却总能让他触碰质朴的本心。有时读到兴处，他会情不自禁地自言自语，可一转眼就又忘了自己说了什么。有时他会读到忘记饥饿，只拿一个馒头便能干嚼个津津有味，仿佛他吃的不是馒头，而是醇厚的思想。

大片大片的云朵铺满梦境，他乘着微风，在无垠天际间与一个个睿智伟人对话，任思绪蔓延成一首首关于麦田的诗篇……

第三节 故乡·面朝谷仓，脚踩黄昏

世界上总有不一样的风，不一样的人，还有不一样的海子。他说，我，踩在青草上，感到自己是彻底干净的黑土地。

滴水成冰的季节，未名湖上结了厚厚的冰层，包裹成粽子的同学们行色匆匆地穿过校园，整个北大校园笼罩在一片苍茫寒气间，不复往日那般热闹，期末考试后，陆陆续续有人拖着行李回家了。

一日早晨，考完最后一科的海子，来到校内的一家书店，买了平生第一本书——《呐喊》。其实他早已读过这本书，但是依旧想仔细研读几遍，也想带回家给弟弟们阅读。捧着书回到宿舍，他在扉页工工整整写上“查海生”三个字，心里升起莫名的满足感。

室友也都陆陆续续地回家了，只余他一人对着空

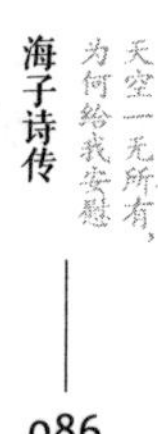

荡荡的寝室。晚上，他在冷清的灯光下收拾着行李，心情很是复杂。阔别半年后，第一次离开家的小小少年，很是思念村落房顶的烟囱，只是他也不想离开北大，不想离开北大的学习氛围，他害怕回家后，不能心无旁骛地读书学习。

他是犹豫的，带着些许矛盾的挣扎。思念是一种很玄的东西，他想见到可亲可爱的父母，想见到调皮的弟弟，以及昔日的小伙伴们，临行前，他给家里写信如是说："爸爸妈妈，我很快就回家了，这里一切都好，我们很快就要见面了……"但是，信写完后，他又顺手在草纸上写下另一封给自己的信笺：

"你是一个椭圆形的东西，被压扁了，却勉强支撑着，无须哀痛与惋惜，也无须质疑，如果上天给你一个颜色，你会选择什么。窗外的梧桐吧嗒吧嗒敲打。我自然能做这样的一个椭圆。"

有人说，如此无奈的语言，完全不像海子；也有人说，这才是海子，情绪多变的诗人不会太过稳定。无论如何，此时此刻，这便是少年海子的心绪起伏，他如精灵般纯粹，只将自己的情绪进行独到的发酵与升华，纵使这情绪难免灰飞烟灭，纵使后人会疑惑难懂，只是一切都与此时的少年无关。

收拾好行李，思绪激荡的海子久久不能安眠。他想到了远在故乡的父母，父亲应该还在微弱的油灯下穿针引线，母亲应该在浆洗一家人的衣物，或者在准备明天的早餐，他们听到自己回去的消息，应该很开心吧？

事实上，远在查家湾的母亲收到长子的来信后，便开始忙来忙去地为海子准备吃的。儿行千里母担忧，她将自己的思念与记挂，融化在柴米油盐的细碎食物间。不知是谁说的，要有最朴素的生活和最遥远的梦想，在操采菊心里，海子永远是个还未长大的小孩，她只想着把最好的东西都留给他，这便是一个母亲最朴素的生活，最朴素的梦想。

她手忙脚乱地忙碌着，竟不知道准备些什么才好。她担心从北京回来的儿子不习惯家里的粗茶淡饭，便早早割了几斤猪肉，一部分剁成肉馅，给海子包饺子吃，一部分切成肉条，撒上盐封存起来。那个年月，吃一餐肉便是极大的奢侈，而为了迎接归来的儿子，她愿意这样的奢侈。

妈妈又坐在家乡的矮凳子上想我
那一只凳子仿佛是我积雪的屋顶

妈妈的屋顶
明天早上
霞光万道
我要看到你
妈妈，妈妈
你面朝谷仓
脚踩黄昏

我知道你日渐衰老

——《雪》

明天早上，霞光万道，他便要回到母亲身边。他懂得母亲的思念，也心疼她的日渐衰老，当母亲坐在家乡的矮凳子上想他时，他也在想着面朝谷仓脚踩黄昏的母亲。

临回家前，还有一段小小的插曲，藏在海子的心里，写满感动。假期来临，归心似箭的学子们都兴高采烈地跑去排队买票，而忙于学业的他，一直没有顾不上买票，当他考完期末的第一场试，去车站买票时，售票员却告诉他开往安庆的车票已经售罄，他只有倒两趟车才能回家……

他垂头丧气地回了宿舍，心里懊恼不已。春运的车票本就一票难求，自己还拖到现在，真是太不明智！听着周围的同学兴高采烈地拿着车票高谈阔论的声音，他叹了口气，心里很不是滋味。

这时，突然有一只温热的手轻轻碰了碰他的肩膀，他转过头去，看到了辅导员熟悉的侧脸。他不知辅导员现在找他能有什么事，眼里掩不住惊讶与局促。看他这样的模样，辅导员笑了："怎样，这半年过得还好吧？回家的票买了吗？"

提到车票，海子脸红了，更是支支吾吾地不知如何是好，他语无伦次地说："没……回家的票卖光了……我再想想办法……"只是他没想到，话音刚落，一张小小的硬纸片便递到了他的眼前，那是一张北京直达安庆的火车票。

怔忪间，辅导员将票塞到了他的手上，并且说："有同学反映你还没有买票，我就猜到到时候你想买也没有了，就提前帮你买了，下次回家可要吸取教训哦。拿着吧。"

一个没有办法回家的人，没有拒绝别人雪中送炭的资本。他收下了，诚恳地说了谢谢，接受了辅导员老师的馈赠。他依旧是那个羞涩的少年，虽然表情平静，但敏感的一颗心早就盛满了感动。

有了车票，他已归心似箭。他迈着欢快的脚步去了商店，称了几斤果脯、驴打滚、麻花等北京特产，想要给父母带回去一份惊喜。他是家里飞出来的凤凰，是父母的骄傲，虽然依旧求学的他暂时还没有办法改变家里的贫穷，但他可以用一颗赤诚的心意，给父母些许慰藉。

买完土特产，他又去食堂买了几个馒头，作为自己在火车上果腹的食粮。父母的辛劳和拮据，他一直看在眼里，记在心上，也时时刻刻不忘节俭二字。而剩下吃不掉的馒头，他想要当别样的"特产"带回去，分给弟弟们吃。在查家湾，很少有人能蒸出像模像样的馒头，不是太硬，就是碱严重，他要让家人尝一尝北京馒头的松软香甜。

还是那条线路，还是一个人的风尘仆仆，随着汽笛的阵阵轰鸣，列车缓缓开动，北京高大的建筑次第倒退，橘色的灯光倏然而过，连成一根根发光的细线，将北京城包裹成茧的形状。望着北京城越来越远的街景，海子低下了头，任思绪随着蜿蜒的铁轨不断延伸……

故乡越来越近了，他的心剧烈跳动着，炽热有力。这一刻，他的思念如此强烈，正如家里人一直思念着他，只是随着火车摇摇晃晃的他，没有想到自己调皮的弟弟们早就兴高采烈地在车站等着他了。

他们站在出站口，看着一趟趟列车停靠，又轰隆隆地开走，心里起了无尽的向往。他们向往着远方的世界，一如曾经的海子。走出去！走出去！在一波波涌出的人潮中，他们如同一群羽翼未满的雏鹰，翘首等着从远方归来的兄长。

终于，从北京开来的列车缓缓停止了，背着沉重行囊的海子，在汹涌的人群中向他们走来，虽然瘦弱的他并不起眼，但弟弟们还是一眼便认出了哥哥的身影。他们欢呼着冲到海子身边，争着抢着帮他拿行李。

看着吵吵闹闹的弟弟们，海子生出一种恍如隔世的感觉，他知道自己真的到家了。阔别半年，弟弟们都已长得高高壮壮，他们笑着分担他的行李，这一刻，他觉得自己身上的担子也会被他们分走，弟弟们会成为父母最得力的依靠……

他的心中蓦然升起感动，感觉整个世界缀满五彩缤纷的花瓣，虽然感性的他，没有时间追究原因。或许命运的线早已画好，他的弟弟们注定会代替他，分担所有的苦辣酸甜。

笑闹间，兄弟四人迈着轻快的步伐，向着查家湾走去。弟弟们已经长大，见到久别的海子，没有些许的尴尬，边帮他拎行李，边叽叽喳喳地追问海子北京的趣事。聪明的少年，如何听不懂弟弟们的渴望，他内心沸腾着，使命感明确指向远方，他一定要带领弟弟们，走出查家湾，走向新的人生！

近了，近了，他看到了村口的老槐树，也看到树下踱步等待着他归来的父母。如果说海子是迁徙的候鸟，那查家湾便是他永远忘不掉的鸟巢，他的根在这里，他的父母在翘首以盼。他飞奔过去，向着在村口遥望的父母，脚步轻盈而迅速地飞奔过去。

母亲也迎了上来，她将思念已久的儿子，紧紧拥在怀里。海子也抱住母亲，贪婪着呼吸着久违的气息，那是独属于母亲的味道，混合着土地、阳光以及皂荚的香气，恍惚间，他仿佛回到了童年，回到被母亲抱在怀里的日子……

只是，如今他已十五周岁，母亲也已日渐苍老，额头的皱纹越来越多，头上的银丝也越来越明显。时光流转，不知不觉便在岁月的脸上划下消磨不掉的痕迹，他腻在母亲怀里，禁不住哽咽道：“妈，我回来了。”

“回来就好，回来就好。”强忍泪水的操采菊，听着海子呜咽的声音，滑落两行思念的泪……

第四节 阅读·黑暗因太阳升起而解除

河静静卧在，人的村庄；他轻轻走在，故乡世世代代的路上。闲池花落，一纸沧桑付流年，或许一颗宁静的少年心，总要在阅尽奢华百态后回归尘土，回归亲情，还好城市的喧嚣霓虹，没有模糊他那双清澈的眼。

一程一段风景，一程一段领悟。北京的半年，他长高了些，也结实了些，举手投足间有了大人的成熟，连说话的语气都沾染上城里人的儒雅气息。母亲拉着他的手，细细打量着他的新发型，觉得受过城市滋养的儿子，终是与面朝黄土的庄稼汉不同，她抹掉眼角的泪滴，欢喜地把海子迎进了家门。

他的归来，温暖了父母的牵念，也再次轰动了整个查家湾。村子里的孩子们，都争先恐后地挤到他家门口，想要一睹“北大人”的风采。而他，也会笑呵呵地拿出自己买的北京土特产，分给小朋友几块。他这个外出的游子，带着缱绻思念，踩着无限光华，载誉归来，此刻的幸福，应该可以久久回味了吧。

后来，海子在一首诗中如是写道，我是一个完全幸福的人，我再也不会否认，我是一个完全的人，我是一个无比幸福的人，我全身的黑暗因太阳升起而解除。

是的，他是一个无比幸福的人。我一直固执地相信，当他捧着最爱的书，躺在山海关的铁轨上时，他也是幸福的。只是，一切都是后话了，此时此刻，众星捧月的他、荣耀归来的他，因父母细腻的爱，以及乡亲们质朴的欢迎，无比幸福。

在家的这段日子，总有认识的或不认识的学生们上门讨教，而他总是不厌其烦地耐心解答。走过漫漫高考路，他懂得其中的艰辛与汗水，也从这群求知的少年的眼中，看到了倔强与坚毅，看到了曾经的自己。他是幸运儿，在千山万水的跋涉后到达彼岸，如果可以，他愿意做梦想家们希望的燃灯者。

他在一一解答别人的疑问时，突然觉得自己也想要一盏明灯给他指引。只是，作为引路人，他不知道那盏灯在哪里，也不知道会将自己带到何方。有人说，善良的智者是人类文明的财富，但是谁为智者指路呢？

海子也想不清楚这样深奥的问题。这年，他只是十五岁的善良少年，智者什么的与他无关。

那就读书吧。书中自有黄金屋，书中自有颜如玉，虽然海子寻不到指路的那个人，但爱阅读的他，或许总能在书中追寻到人生的深刻意义，那些有追求的艺术家和哲学家总会给他思想的冲击，比如弗洛伊德，比如梵高。

在北大，图书馆的一角，或者未名湖畔的一块干净草地，总能找到他埋头看书的小小身影。这便是他，一本书，几个来回，咀嚼掉整日时光，满嘴都是书香……只是，读的书多了，他的视力也急剧下降了。有一次，躺在床上的他，忽然发现自己看不清桌上装枣糕的袋子上的“枣糕”二字，他慌了，闭上眼睛再看，依旧模糊而遥远，直到他立起身慢慢靠近，字迹才渐渐清晰。

后来，他佩戴了近视镜，但在感性的诗人眼中，他已开始苍老：“从这一个时刻起，我的视线越来越模糊，从这一刻起，我的头发逐渐发白，我不知道还能不能梦见发黄的小麦，我不知道金色是不是永远不变。我的人生，就是一场赛跑，我的方向，怎么确定是远方？如果有人告诉我，我走错了路，那么，我也不会返航。我的知识，哦、我的知识就是一盏灯，可它是这么的无力……”

只是，开始“苍老”的诗人，依旧放不下书籍，放不下知识的诱惑，阅读一直是他人生的必修课。活在这珍贵的人间，总要有些执着的追求。回到查家湾的他，也将在北大的阅读习惯带了回来，每天晚上，他都点着一盏昏黄的煤油灯，孜孜不倦地看书到深夜。

他的父母将一切看在眼里，可谓喜忧参半。海子从来都是他们的骄傲，他们喜的是自家的骄傲考上大学后，依旧如此勤奋好学，忧的是煤油灯太过微弱，他们怕已经近视的儿子太过耗费眼睛。因此，父母二人经常在夜里起身，催促他早点休息，也尽量不让他干劳累的农活，多点时间看书。

他们从来都是海子最最坚强的后盾。父爱深沉如山，母爱细腻如水，他们用爱将他细细包裹，可谓用心良苦。

有人说，爱做梦的孩子还未长大，而他，依旧喜欢做梦。一日，他在煤油灯下睡着，梦到童年的自己。那时的他还不会走路，也不会讲话，只被一双宽厚而温暖的大手托着，轻轻摇摆在黄梅小调的绵长声线间；一会儿，他已长成少年的模样，从床上一跃而起，蹦蹦跳跳地在田间跳舞，蝴蝶、蜜蜂、蜻蜓，通通围绕在他的身边，与麦田一起抖动……

梦中的他，是如此的自由，如此的快乐，仿佛天地间飞舞的精灵，有他的地方，便不会存在烦忧。

有时候，他也会梦到清澈见底的未名湖。寂静的校园，悠然的未名湖畔，他一个人静静立在水中央，天空蔚蓝，湖水清凉，一群戏水的锦鲤偷偷亲吻他的脚丫。岁月静好，现世安稳，梦中的他不愿打破这样的美好，只轻轻掬起一捧水，整个湖面便因他而荡漾。

上升、盘旋，晶莹剔透的水珠将他包裹，温暖的太阳光折射出耀眼的光芒，他眯起眼睛，再次睁开来，只见屋角的蜘蛛网在阳光下熠熠生辉……他醒了，一切回归现实，但梦中的意境却让他久久回味。

梦与现实的连接，他已习以为常。或许，梦境早已融入他的生活，他慢慢发现，如果自己哪天没有看书，或者是看不进书，那晚的梦就会格外压抑，如果哪天看书很是劳累，梦境中的自己就会十分惬意自得。书籍和梦境，早就有了他的他的情绪，他的思想，他的信仰，他的爱。

腊月二十四那天，他与家里人一起上坟祭祖。这天是当地的“小年”，按照传统，作为长孙的海子要带着弟弟们一起拜谒逝去的祖先们。他是孝顺的海子，他虔诚地跪在坟前，磕头祈愿，表达着自己对祖宗们的崇敬之情，也用行动证明自己永远不会忘记祖辈的养育之恩。

一块小小的林地，埋葬了多少历经沧桑的长者，又安睡着多少看透人生的智者？人生在世，短短一辈子，来自黄土，又回归黄土，他们匆匆走过，只留下一个矮矮的坟包，一段浅浅的碑文，证明自己曾经在这苍茫的人间走过一遭。

他来了，他走了，难道这就是一生？站在坟地中间的海子，望着一个个坟头，忍不住感慨万千。他呆呆地站在绿色的麦田中，任悲悯的思绪袭上心头。人类是万物之长，一生的时间也不过归寂成荒草下的坟包，那么麦田呢？鸟呢？鱼呢？这个世界的生死交替，怎能如此残忍，如此理所当然？

还好，活着的人依旧有血有肉有人疼爱。母亲操采菊很是关心海子的“命运”，生怕他命里犯了什么克星遭遇不幸，非要领他去庙里求签。海子不相信命理之说，在他眼里，命运完全掌握在自己手中，人之所以为人，便是有用行动改变命运的伟大力量。如果命运可以用签上的三言两语说得清，俄狄浦斯何必挣扎，梵高又何必对着自己开了枪？

虽然他不相信，但为了母亲，他还是在过年前一天跟着母亲去了庙里，乖乖配合她求了签。上上签，看到签语的操采菊很是兴奋，恭恭敬敬地叩首感谢佛祖，而海子的眼神落在那尊金色的佛像之上，思绪早就跑到梵我合一的佛理之上。

他对上上签没有兴趣，但上上签却偏偏来入梦。回到家后，他躺在床上小憩，这根木签慢悠悠地飘进脑海，载着他腾云驾雾，看缭绕美景。只是，当他玩得飘飘欲仙时，木签毫无预警地从脚底抽离，他的身体开始不断坠落、坠落……在坠落的失重中，他醒了，惊出一身冷汗。

没有睡意的他，随手拿起床头的《聊斋志异》翻看起来。第一篇，崂山道士，看着看着，他便哑然失笑。人生何处无幻境，梦境无限，他不过是借着一根小小的木签，飘进了“聊斋”的世界……

生活继续，过年的喜庆飘进千家万户，他拿着光秃秃的扫把，扎上长长的竹竿，卖力地清扫着土屋房梁和墙壁上的蛛网灰尘，然后解下竹竿，洒水清扫地面，接着又和弟弟们一起擦洗门窗柜子等。当地农村的风俗便是如此，年前一定要有一次彻彻底底的大扫除。虽然半年的时光，已经让海子沾染上城市的气息，但他依旧是查家湾的儿子，干起活来熟稔而勤快。

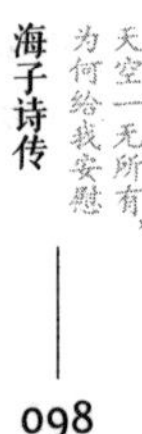

整理完房间，他又跑出去打扫门前雪。洁野凝晨曜，装墀带夕晖，银装素裹的苍茫大地，震撼了拿着扫帚的海子。鲁迅先生说，雪是死掉的雨，是雨的精魂，他眯着眼睛，在白雪反射的太阳光中，恍惚间觉得自己置身于洪荒宇宙。或许，宇宙混沌的开始，便是如此白茫茫的原始郁勃。

站在雪地间，他仿佛触碰到了农村的原始状态，安静一如他向往的内心。在北京，他也见过簌簌的飘雪，只是大雪覆盖处，便被行人踩得狼藉。如今，他从城市回到大山，在干净的积雪中，他听到了沉寂的声音，听到了自己的脉搏，自己的心跳。他发现，自己是如此眷恋着查家湾，眷恋着这块净土上没有浮夸的心。

时间是一个很神奇的东西，有人在反问“时间都去哪了，还没好好感受时光就老了”，也有人说它是一位耄耋老人，缓缓踱着步子走向年尾。其实，时间流淌的速度一直如此，只是人的心境变了，便有了度秒如年和度年如秒的不同感觉。无论如何，这一年终究是过去了。

年夜饭摆上了桌，一家人其乐融融地围坐在昏黄的油灯下，享受一餐丰盛的团圆饭。年年岁岁花相似，噼里啪啦的鞭炮声一如往昔，围坐在一起的一家子还是那么几个人，却又分明有了差异。查振全看着渐渐懂事的孩子们，笑得欣慰，他慈爱地对海子说：“以前这第一口喜菜都是我吃，今年，轮到你了。”

所谓的喜菜，便是年饭时动筷的第一道菜，是用肉丝、粉丝和胡萝卜丝等混合炒熟的菜，一般是由一家之主先吃。可今年，查振全让给了海子。

短短一句话，海子听到了心里，他垂下眼皮，只觉欣慰而沉重。他知道，这是父亲把他放到了顶梁柱的位置，只是他不知道，自己十五岁的身躯，能否撑起整个家的重担。他举起了筷，轻轻夹起一口喜菜，微笑着放进嘴里，无论如何，他愿意接下父亲殷殷期望的嘱托。

看着他坚定的模样，查振全夫妇欣慰不已，弟弟们更是欢呼雀跃起来，因为年夜饭可以开动了！

一家人，吃着，聊着，笑着，桌上煮着肉丸的锅，蒸腾着呼呼的热气，温暖了整个小屋，整个家……

第四章 诗歌

语言的本身像母亲

第一节 共鸣·春天的风，落在怀里

新年的钟声敲响，时间跨进 80 年代。新的起点，新的人生，查家湾开始实行分产到户的家庭联产承包责任制，查家有了属于自己的土地，即使青黄不接的季节，也不用为温饱问题愁眉苦脸。

年味逝去，寒假一晃而过，海子背上大大的行囊，再次踏上开往北京的列车。站在村口，他凝视这隐在苍翠间的村庄，久久不愿离去。行在旅程中，穿山越岭，来来回回，面对每一次的别离，念旧的少年都有新的哀愁，正如每一次的阔别相逢，都夹杂着新的喜悦。

和平与情欲的村庄

诗的村庄

村庄母亲昙花一现

村庄母亲美丽绝伦

五月的麦地上天鹅的村庄
沉默孤独的村庄
一个在前一个在后
这就是普希金和我　诞生的地方

风吹在村庄
风吹在海子的村庄
风吹在村庄的风上
有一阵新鲜有一阵久远

北方星光照耀南国星座
村庄母亲怀抱中的普希金和我
闺女和鱼群的诗人安睡在雨滴中
是雨滴就会死亡！

夜里风大 听风吹在村庄
村庄静座 象黑漆漆的财宝
两座村庄隔河而睡
海子的村庄睡的更沉

——《两座村庄》

多少年后，海子写下这首诗，抒发着自己每次告别村庄的离愁别绪。这是他诞生的地方，是五月麦地上天鹅的村庄，缀满美丽绝伦的诗意。他说，海子的村庄睡得更沉，大抵因为这里是故乡，阳光便多了灼热，风多了慵懒，内心多了安宁，睡意也多了深沉。

村庄，查家湾，于他有着田园般的安适，与直逼内心的力量。

远离家乡，无限唏嘘，他带着惆怅的离绪和母亲腌好的萝卜丝回到北大。母亲亲手腌制的萝卜丝，有着让他怀念的味道，他想让自己的室友们尝尝这世间独属于母亲的美味。事实上，他的室友们很是喜欢这份美味，小小的萝卜丝，虽然看着不起眼，夹在馒头里就能焕发无穷的魅力，室友们吃了一个又一个馒头，大呼香脆可口！

新的学期，他继续着漫漫求学路，只是当他面对着写满法律法规法条的厚厚教科书时，便不由自主地眉头紧锁，脑袋自发地抗议着。从家里回来后，他开始慢慢懂得，知识未必能改变命运，幸福的人生需要心灵的纯真，他想要用文学作品的细密过滤网，滤掉世间的渣滓，留下最纯粹的真。

80 年代的中国，正在陷入一场朦胧诗潮的狂欢。所谓朦胧诗，便是用朦胧迷离的意象勾出诗歌框架，用酣畅淋漓的笔触划过思想轨迹。那个时代，生存的枷锁刚刚卸下，自由的思想开始纷飞，那些有梦想的年轻人，眼眸中写着热情，却又掩不住彷徨，朦胧的诗绪恰恰承载了这样的思想密度。

海子是倔强的，有梦想，却挣不开内心的纠结，这无疑与朦胧诗派的韵味不谋而合。当他读到朦胧诗人的作品时，内心叫嚣着，如万马奔腾，他惊奇地发现，诗中的意境，与他的灵魂是如此的契合，他没想到，这样寥寥几行文字，就点出了自己内心无法言说的复杂情绪。

北大是朦胧诗的前沿阵地，在这样浓厚的大背景下，海子周围的很多同学都开始写诗。他也时常写写画画，涂涂抹抹，想要用诗句表达自己的点滴情绪，但没怎么接触过诗歌的海子，总觉得自己的语言幼稚，不够精练。

或许，海子与诗歌的亲近是一种必然，那里有儿时母亲的味道，有当下情感的共鸣。或许，他注定会在未来的某一日成为朦胧诗派的中流砥柱，无论历经多少风雨艰辛。有一日，写诗很好的一位同学偶然发现他练习本上的诗句，直叹海子的诗歌水平，已经远远超过自己。

那段岁月，他开始了现代诗歌的征程，不止读了北岛、顾城等耳熟能详的“现代派”诗歌，还翻出了北欧、南美等国家的一些小众诗人的诗集。一切，从沉淀开始，他将优美的诗句一一摘抄，反复揣摩，越看越被诗歌的象征手法和古典韵味深深吸引，他要写出自己的意象，自己的韵律。

星月朗朗

野花的村庄

湖水荡漾

野花！

生下诗人

湖水在怀孕

一对蓓蕾

野花的小手在怀孕

生下诗人叶赛宁

野花的村庄漆黑

如同无人居住

野花，我的村庄公主

安坐痛苦的北方

生下诗人

谁家的窗户

灯火明亮

是野花，一只安详燃烧的灯

坐在泥土的灯台上

生下诗人叶赛宁

——《诗人叶赛宁》

对于诗句，他有着天生的敏锐度，虽然初涉诗坛的他，笔触还略显稚嫩，但他懂得方块字背后的组合秘诀，并且愿意花费时间去不厌其烦地敲打实验。有人说，阅读是火，灵感是药，只有不断地煎熬，才能写出刺透灵魂的诗歌。海子便是如此地煎着熬着，一段时间后，他厚厚的练习本上已经写满了诗句，有的七八行，有的一两行，只言片语地躺在潦草的纸上。

谁家的窗户，灯火明亮？那是生在乡村的海子，在烛光下涂抹的独特世界。

二年级的下学期，海子结识了骆一禾，一个伴他走在诗歌之路的灵魂“伴侣”。

骆一禾，就读于北大中文系，与海子同级。他比少年海子年长三岁，从小接触文学，在中文系的熏陶下走上了诗歌创作的道路，并且在海子写诗前，他的许多作品已在报纸杂志上发表，可谓小有名气。

你该爱这青草
你该看望这大地
当我在山冈上眺望她时
她正穿上新衣裳……

这便是骆一禾的诗。

谁的肋骨里

倾注了基础的声音

在晨曦的景色里

这是谁的灵魂

在谁的最少听见声音的耳鼓里

敲响的火在倒下来……

这也是骆一禾的诗。错落不齐，短促尖新，他用谦逊耐心的语音，写下永不衰退的经典。

他是平展红布下目光清澈的诗人，带着知性的绵密力量。有人说，如果海子的诗歌是不乏庄严长号的启示之音，那么谦逊的骆一禾便是将诗歌装入排箫，在黑暗中奏响夙夜的新月。

他们相识时，骆一禾是北大五四文学社理论组组长，经常穿着一件蓝色小褂，握着一卷稿纸穿梭在北大校园，姿态儒雅，风度翩翩。一日，海子偶然在校报上读到他的诗歌，便被他自然细腻的情感打动，带着那份对诗歌的痴迷，不善言辞的海子主动找上了才华横溢的他。

有人说，诗如人生，海子从诗歌的字里行间，触摸到了骆一禾的灵魂，他想要与他交谈，关于创作，关于生活。他们相见，相谈甚欢，在海子眼里，骆一禾与想象中的那个人一样，一样的睿智，一样的才华横溢，一样的可亲可爱。这次交谈，海子收起了羞涩，与温文尔雅的骆一禾畅聊诗歌，或许，他们注定要成为知己，因为他们有着说不完的共同语言。

在他眼里，骆一禾是亲密好友，更是诲人老师，骆一禾的学识常常令他自惭形秽。他通晓中国古典文学，也熟悉西方现代诗作，不仅可以背诵《诗经》中的大部分篇章，并且对《圣经》的故事很是熟悉，可以说，中西方文化在他的身上完美融合，他可以用不囿于常人思维的方式去解读，去创作。

而在骆一禾的眼中，腼腆瘦削的海子是热忱的诗友，更是让他忍不住想要关怀的弟弟。当海子拿着自己写的东西给他看时，他总是耐心十足地给他建议。对待海子，骆一禾是真诚的，他愿意静静守候，帮他开辟镜月水花的诗歌世界。

与骆一禾的对话，让海子的视野开阔了许多，在骆的建议下，他的诗歌在语言、节奏等方面都有了突飞猛进。两个对诗歌有着同样憧憬的年轻人，就像两棵沐浴同样阳光的梧桐树，骆一禾用同样的温度，将海子带进诗歌的海洋，也将他从生活的边缘拉了回来。

海子是孤僻的，感性的，他沉默着，仿佛习惯孤独的生命。他曾无数次地想念村庄，想念麦田，也曾无数次地听着寂寞在身体冲撞的回音，却一直没有释放的契机。如今，他找到了诗歌，也有了知己好友，诗歌最懂他，知己最懂倾听，他迷醉了，也癫狂了……

氤氲四月，柔风吹拂，布谷鸟鸣，月光点燃种子的梦想，大地醉在春天的怀里，两个同样爱着诗歌的年轻人，在嫣然的桃花间，找到了诗意的共鸣。

事实上，骆一禾对海子的关怀，不止在诗歌上，还在生活的方方面面，比如那次醉酒事件。

因为稿费，骆一禾的生活宽裕，而大气豪爽、不拘小节的他，也总是不忘记自己的朋友，总是邀请他们去酒馆喝点小酒。虽然不外乎二锅头一类的廉价烈酒，但他总是与弟兄们举碗干杯，颇具几分江湖情怀。大口喝酒，大块吃肉，梁山好汉，也不过如此吧。

结识海子后，豪情万丈的骆一禾自然不会落下这样的兄弟。虽然海子一直是滴酒不沾的，但奈何那天的气氛太过火热，聊得很嗨的伙伴们吵嚷着让他干杯，盛情难却的海子端起酒杯喝了一口，只觉火辣的热流划过喉咙，升腾着无尽的豪气，他再次举起满满一碗，大声呼喊着“为诗歌！为理想”一饮而尽。

看着如此豪迈的海子，大伙儿都惊呆了。然后，海子在众人惊呆的目光中，迷迷糊糊地晕了过去……

当海子再次醒来的时候，已经是第二天的中午。睁开迷离的双眼，他便看到一脸关切的骆一禾，见他醒来，骆一禾不住地问他感觉如何。海子笑了，在这偌大的北京城，有人关心的感觉真好，他摇摇头说：“酒这东西，看来我是降伏不了，以后还是不沾为妙。”

佐酒以待，酣畅痛快。他不喜欢宿醉后的昏迷，但在心里，那种迷离朦胧的飘然之感，却让他很是怀念。

骆一禾赶紧端来了一碗醋，催促他喝下。只是他喝了没几口，胃里边泛起排山倒海的恶心，忍不住干呕起来。骆一禾赶紧拿来痰盂，拍着脊背帮他顺气，只是他呕了半天，只吐出些许酸水。

“昨晚都吐干净了吧？”

“肚子痛不痛？”

骆一禾轻声问道，关切一如亲兄长。

“不记得了，全忘了。”

海子挣扎着站起来，拉开了窗帘，霎时间，炽烈的阳光洒满房间。骆一禾下意识地捂住了眼睛，而他却迎着太阳的方向立在窗前。吸气，呼气，海子早就醉在这一片温暖中，他说：“谁说雨后的空气最清新呢？太阳照过的空气最迷人。”

身后的骆一禾反复咀嚼着海子的言语，觉得这信手拈来的句子，就是一首美丽的诗篇。他从来都知道，这个小个子的南方少年，有着与生俱来的诗歌天赋。

阳光下的海子，恢复了精神，闪耀着彩色的光芒。他回头粲然一笑：“有西方的那些大书，就多拿几本好的我看看吧。”看着这样的海子，骆一禾忍不住开玩笑说：“这没问题，只是见到太阳你的酒就醒了，难道是你有冷血动物的某些功能？”

热爱生活的人，生活也会热爱他。因为骆一禾，海子不再固执地追问生命的意义，也不再过分沉浸在思考的痛苦之中，因为骆一禾，他破开迷雾，走进人群，展现着自己有个性有才气有担当的少年心。

第二节 灵感·刻下诗句和云

因为诗的机缘，他与骆一禾相识相交相知，共泯豪情，共淬哀怨。当两人的友谊正浓时，另一颗视诗如命的星辰轻轻滑过他们身边，那就是西川。

西川是江苏人，比海子和骆一禾低两届，就读于北大外语系。他是个执着的人，怀揣着一颗痴迷外国文学的求知心来到北大。或许因为天赋，他对外语的感悟能力丝毫不逊色于母语，他喜欢阅读西方诗歌原著，喜欢其中的异域情致。有时候，走在校园里，太过痴迷的他会不知不觉地朗读起莎士比亚的十四行诗，连被同学们驻足围观也没有觉察，那时，他已沉浸在莎士比亚的诗歌世界中，不能自拔。

外文是西川得天独厚的优势，他可以深刻体味西方作品的原始艺术魅力，并巧妙融合于自己的诗歌之中。1983 年，校刊上刊登了数篇他的诗，引起了一部分人的注意，其中也包括骆一禾。自古文人相惜，骆一禾发现西川的诗，丝毫不见刻意模仿的矫揉造作，他有自己的浓厚风格特色，带出浑然天成的西方魅力。

北大的文学社陆陆续续向这个天才诗人发出邀请，其中也包括骆一禾所在的五四文学社。北大，中国最高学府，五四文学社，是 80 年代这所中国高等学府之中的文学翘楚，冯至、吴组缃等知名作家都曾为它倾尽心血，而西川，也接受了它的橄榄枝。只是他的理由，不是因为它翘楚的地位，因为后来的后来，他无比认真地说，那是因为骆一禾。

西川曾和骆一禾交谈过，关于诗歌，关于西方文学，两人仿佛相识多年的好友，有聊不完的共同话题。一禾也，向阳而生，郁郁葱葱。西川喜欢这个名字，更喜欢他豪爽的个性，以及那一肚子的美丽诗情。

海子并没有加入五四文学社，但因为骆一禾，他总是厮混其中，也因为骆一禾，他认识了西川。在他的眼中，西川便是升级版本的骆一禾，两人有着同样的睿智，却有着不一样的诗意。而西川，对海子饱满的诗绪以及敏锐的观察力也是赞赏有加。因为诗歌，他们三人志同道合，相见恨晚，很快成为形影不离的好友。

日子开始生动明朗起来，三人常常聚在小酒馆，骆一禾做东，点几碟小菜，温一壶烧酒，便开始闲聊诗歌人生。有一次，西川谈起他从西方戏剧文学中获得的灵感。他说，西方的戏剧长诗中往往以括号为注，这样可以放缓整首诗的节奏，给读者一个舒服的停顿。

一个舒服的停顿！海子和骆一禾两人如醍醐灌顶般大梦初醒。国内诗坛还没有尝试过这种方式，两人惊喜地发现，如果将西方戏剧巧妙嫁接在中国的现代诗上，会有妙不可言的意味。他们当即为西川的看法拍案叫绝，并约定每人用这样的方式写一首诗，看看效果怎样。

诗迅速写成了，三个人你一言我一语地评判起来，场面甚是激情热闹，骆一禾开玩笑地说，此情此景颇有些大观园赛诗会的感觉。只是，在这样诗意的日子里，海子却渐渐有了几分抑郁的情绪。他说，“我坐在一棵木头中，如同多年没有走路的瞎子，忘却了走路的声音，我的耳朵是被春天晒红的花朵和虫豸”。

他选择了宿命中的诗歌，义无反顾，一如当初选择北大，他会为之全力以赴的努力，绝不轻言放弃。只是，刚刚接触诗歌的他，虽然有着惊人的敏感度，但总体来说，他的诗歌依旧稚嫩，与骆一禾、西川还有一定的差距，虽然这种差距在一点点的缩小，虽然两人常常鼓励着他，但海子的心情，依旧无比沮丧。

不知是笔触拙劣，还是灵感未到，这一时期海子发表的诗作寥寥无几。他没有想到自己的诗歌之路是如此的坎坷，当看到自己呕心沥血的诗歌被一一退稿，他心痛得不能自已。一时间，他只觉自己的太阳被乌云覆盖，继续行走，还是停留等待，他不知所措。

他将那些退回的稿件紧紧握在手心，又深深压进床底。夜深人静时，他总觉得它们在用狰狞可怖的面孔嘲弄自己，在某些意义上，这些稿件成了他耻辱的疤痕，为他的诗歌之路烙上丑陋的印记。他压抑着，踌躇着，难道自己真的没有诗歌的天分，难道自己注定与诗歌无缘？

其实，他拼命写诗的原因，除了发自肺腑的喜欢，还想要赚点稿费贴补家用，减轻一些父母的负担。豪爽是需要资本的，每当他看到骆一禾豪气冲天地请客吃饭，心里既羡慕又嫉妒。朋友可以，自己为什么不可以？他想要用自己的笔触，给自己的家人带来物质的富足。只是，自己为什么不可以？

那些压抑的梦，如梦魇般回来了。浩瀚宇宙中，他梦到自己脚踩星球，头顶麦地，手捧厚厚的书，只是当他翻书看时，却发现那是法律课堂的讲义。霎时间，一股失望的情绪袭来，他将书狠狠摔向一个黑洞，只是他没想到，自己也随着书籍跌落，无论他如何挣扎，如何呐喊，也抓不住头顶的麦子，而是不受控制地向下坠落，坠落……

坠落中，海子惊醒了，浑身上下都已被汗水濡湿，一时间，他竟然分不清自己身在何处。他缓缓抬起双手，对着窗外的月光轻轻旋转手指，投射在墙上的昏暗影子也在旋转着，那一刻，他觉得自己变成了吐丝的蜘蛛，不住地编织着皎洁的月光……

弗洛伊德说，梦是愿望的满足。夜深人静，噩梦初醒，一道灵光闪过脑海，万般思绪不停在他脑海中忽隐忽现。他毫不犹豫地起身下床，拧开台灯，摊开稿纸，不住写了起来：

借我一匹带双翼的马，借我一个黑色的灵魂，如果，天哪，你肯借给我。

借我一副鲜亮的盔甲，再给我多少有用的年华，四壁空空，不是我孤独的梦，天上满着透明的雨、我把这个当作情人的眼泪，我的眼泪和别人的眼泪（天上的女子可有够亮的眼睛，这时候天应该放晴）。

拉开这幕布吧，你，拉开你的心吧，我。

当我伏在这块狭小的地盘上，龙都拖不走我，马应该也驾不动我，我乘着什么归去……

海子不住地写着，虽然可能连他也不知道自己在写些什么。这一刻，他只知道自己要一直写下去，写下去。灵感如泉，喷涌时挡都挡不住，他的笔，他的手，成了思想的搬运工，他要一直写到灵感枯竭，写到思想停止。

十分钟过去了，三十分钟过去了，五十分钟过去了，一个多小时后，他终于完成了自己的使命。那一刻，他只觉自己的身体被抽空，大脑一片空白，疲惫不堪的他只拿毛巾擦了擦汗，便倒在床上沉沉睡去……

中午时分，他被骆一禾叫醒。睡眼蒙胧中，他模模糊糊地听见骆一禾急促而喜悦的喊声："快起来！你的诗要出版了！"

一句话，赶走了他所有的困倦与睡意。他立即从床上爬了起来，睁开惺忪的睡眼，问骆一禾是哪首诗。

骆一禾扬了扬手里的十几页稿纸，笑着说：“就是你昨晚的杰作！”

听到这里，海子很不好意思地挠了挠头，仿佛自己的秘密被暴露在阳光下，他有些不自在，忍不住红了脸颊。只是，在骆一禾面前，他也不想隐藏真实的自己，只开玩笑地问道：“比林黛玉的《桃花行》如何？”

骆一禾煞有介事地拍了拍他的肩膀，似笑非笑地说：“看你的脸色，还真有点像林黛玉。”

原来，骆一禾一大早便来找海子，想要他陪自己去买点礼物送给就要离开的同学。他走进海子宿舍，看到素来早起的海子仍在熟睡，只有桌上凌乱地摆着几张纸，好像是一首长诗。

他走过去，只见每页纸上都密密麻麻地写满了字，他知道，昨晚的海子一定搞创作到很晚，便没有叫他起床。骆一禾拿起稿子悄悄读了起来，没多久便被一股巨大的情感给深深震撼了。他继续读着，无法从那密密麻麻交叠的意境中抽离出来，直到将整整十几页的诗歌读完，仍然意犹未尽，心脏止不住地狂跳不已。

从海子的这首诗中，他读到了瑰丽的文字，读到了回环的节奏，读到了奇特的意象和梦呓似的孤独。他被触动了，虽然这份情绪是他从未涉足过的，他知道，这首诗注定会成为海子生命中最重要的一部作品，便如获至宝地拿到了诗社，给社友们看看。

毫无意外，他们看过后都拍手叫好，西川更是喜欢到不行，当即建议为海子的这首诗做一期专刊，文学社的社友们纷纷表示同意。海子的这首诗，绝对撑得起专刊，一拍即合后，骆一禾便迫不及待地赶回海子宿舍，想要在第一时间告诉他这个振奋的消息。

他的诗集出版了，并立刻在校园里引起轰动，只是没有人知道，这本署名“海子”的诗人，就是法律系这个不起眼的查海生。当时，他想过很多笔名，最后还是用了“海子”二字，他喜欢大海的深沉与宁静，想要成为这样的“大海之子”。

展开殓布
九月的云
晴朗的云
被迫在盘子上，我
刻下诗句和云

我爱这美丽的云
水上有光
河水向前
我一向言语滔滔
我爱着美丽的云

——《九月的云》

如果说，生活是一面画布，他愿意拿着五彩斑斓的笔，刻下美妙的诗篇。他是诗人，深深爱着笔尖流淌的诗句，一如言语滔滔的他，深深爱着九月美丽的云。

那晚后，诗集发表了，海子的生命走进了郁勃，他的创作，越来越有自己的性情。骆一禾说，海子的诗有一种病态的贵族美，就像李贺与瓦雷里的结合体；西川说，他的诗，尤其是长诗，有一点艾略特《荒原》的味道，他的一些短诗，又有陶渊明的淳朴自然。他的诗，随着情绪多变，只是没有人知道，那诗绪的核心藏了什么。

或许，他只是自己思想的挖掘者。无论如何，他成了真真正正的诗人。

第二节

抉择·什么人掌灯，把你照亮

弗洛伊德说，作家和精神病人唯一的区别就是，作家懂得如何从自己的幻想世界中抽离出来，而精神病人会永远沉溺在里面。诗歌是一座幻想的花园，乘着无处安放的孤独。有人说，真正的诗人是孤独的，或许吧，他们用缀满灵感的笔触，将自己封闭在洁白空灵的世界。

他们沉浸在寂静到极致的孤独，坐等语言奇迹的发生。只是，诗歌是海子的精神食粮，他不懂得抽离，每每创作一首诗歌，他都沉浸其中，不能自拔。在某种意义上，诗歌让海子更加孤独。

我不想说海子是个神经病，但在诗歌的海洋里，他有自己神经质的偏执，至少不是一个典型的作家。他不懂得动静结合，张弛有度，也不能如骆一禾、西川那般自由游走在梦想与现实间。连好友骆一禾也发现，他一旦进入创作，就变得抑郁孤僻，每当这时，骆便会默默离开，不敢打扰他沉思的孤寂。

与诗歌为伍，他更喜欢一个人待在角落，沉浸在独属于自己的世界中。他曾经与同学打赌，让对方任意写三个词语，他总能将其联系在一起，想要让他犯难的同学故意写下了孤单、孤独、孤寂三个意思相近的词语。而他，只看了一眼，便马上说道："我是一个喜欢孤独的人，喜欢在孤寂的黑夜里体味只属于自己的那份孤单。"

一句话，同学拍手叫好，被他的思维深深折服。看着同学激动地的笑脸，他苦涩地笑了，因为知道对方无法理解他的心情。

他来自农村，用笔墨融合着农村与城市两处人生，他的诗歌，来自本心，既有昂扬的激情，又有繁丽的抒情。有人如是评价说："把乡村文化带到城市，再从都市文化中找寻失落的乡土文明，人的居住环境变了，但他所依赖的本土文化却难以改变。循着乡村和都市这两个巨大的石磨的相互转动,因而,他的写作思维里存在着巨大的空间。"

时光荏苒，海子徜徉在诗歌的海洋，这为他的大学生活增添了几分旖旎的风情。只是，初到大学的激情还没有消散，流年岁月已经走到尾声。有人说，世间所有的相遇都是久别重逢，只是当那些一同走过的如花岁月无声逝去，当那些一同上课下课的伙伴们挥手作别，他只想伸出双手，将回忆握在掌心。

毕业前夕，他被分配到石家庄的一家法院进行实习。从学校跨入社会，实习是必修的课程，如果说课堂是用书本勾勒知识的象牙塔，那么社会实践便是走出象牙塔的敲门砖。一段实习，一段经历，让他暂时跳脱出诗歌的乌托邦，而是用一颗灵性的心，去学习如何记录，如何整理卷宗，如何审判人性。

在这间法院里，有不少前辈都毕业于北大法律系，对他们这批初出茅庐的实习生们很是欢迎，并特意组织丰盛的酒席以示热忱。步入岗位后，反复的生活总是让人怀念校园时光，前辈们一边吃饭，一边感叹大学的美好和时光的易逝。海子含着浅浅的笑，认真听着觥筹交错间的话题，心里不停翻涌着天大的疑惑，原来，社会与大学有这么大的差别。

一时怔忪，几缕惊愕，海子开始了自己的实习生涯。打扫办公室，整理卷宗，所谓的实习工作，不过是如此琐碎而实际的小事，有些同学工作不到一周便开始偷懒耍滑，而海子却一直兢兢业业地进行着实习，并且自觉包揽了办公室的所有杂活。在他眼里，擦桌扫地只是比农活不知轻松多少倍的小工作，他干得轻松而利落，而他的勤劳懂事，也得到了前辈们的好感与赞许。

他们是善良的人，当得知海子来自南方农村的贫苦家庭时，便对他更多了几分疼惜，有时还会从家里带些好吃的给他改善伙食。海子没有拒绝，他羞涩地道谢收下，只是当他们将自己穿不着的衣物带给他时，他婉言谢绝了。

别人的好意，他自当感激，只是当好意泛滥过界，好心就变成了

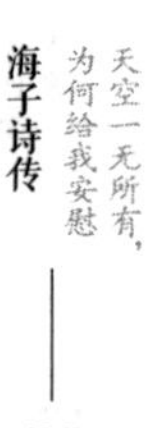

怜悯。虽然贫穷让他受尽了别人好心的关注，但总有些莫名的眼光也曾深深伤害过他的自尊心。父亲从小的教诲告诉他，查家虽穷，但气节犹在，他从来都不需要同情与怜悯，相反，他对世间万物拥有悲天悯人的感性情怀。

法理之外，不外乎人情。在校园时，社会于他只是神秘奇妙的象征，他渴望走向它，征服它，成为主宰。如今，经过了一段时间的实习，他却慢慢发现，社会远非自己想象的那般纯粹。有时候，他感觉复杂的社会，犹如双生的罂粟，有着美好的灿烂，也有晦涩的阴暗。

他曾亲眼看见一个丈夫为了奔赴海外继承巨额遗产，抛弃了患难与共的妻子。刚开始，公理站在妻子一边，严明的法官并没有同意两人离婚，但最后，因为丈夫用大笔金钱收买人心，终于换得一纸离婚证书。他坐在听审席上，听着妻子撕心裂肺的哭泣声，那颗敏感的心，宛如刀割般难受。

他知道，世间公理辜负了这个可怜的女子，可他却无能为力。因为他只是小小的实习生，除了怜悯与悲愤，几乎一无所有。

他开始怀疑，法官的公正度，也开始疑惑，世间的纯粹度。为何法院不能单纯地站在社会正义的一方，为何那么多的事件都要掺杂上人情和金钱？这件事给当时的他产生了深刻的影响，当学校将他分配到南京中级人民法院时，他干脆地拒绝了。

他要守住心间那片纯洁的净土。他是个内心烂漫的诗人，有着纯粹的执着，绝不允许任何人破坏，哪怕这个人是他自己。回到学校后，他剃了个光头，想要给生活新的生机。他的室友们也都剃了发，远远望去，一排铮亮的灯泡，其中最小的那个，便是海子。

初夏的北大，柳树疯长，青草盛放，在一片郁郁勃勃间，实习归来的海子去找了西川和骆一禾。又是一次畅聊，又是一场大醉，见到许久未见的知己好友，沉默的海子也打开了话匣子，他喋喋不休地说着自己的实习生活，说着人生的感悟和心中的苦闷……

那时，他已经陆陆续续收到稿费，更让他激动的是，刚回到学校，他便收到一笔丰厚的稿酬，原来是他曾经寄出的一篇征文长诗获得了一等奖。这次获奖，大大地鼓舞了他那颗创作的心，一种未来的蓝图在他心里暗暗描摹，如果自己不能成为一个公正严明的法官，那自己何不在心爱的诗歌世界中度过余生？

站在毕业的当口，有些抉择必须做出，由不得选择。继续读研，还是参加工作？海子犹豫了，当时选择读研的人并不多，想要工作学校也能立马分配，他依旧渴望着知识，眷恋着校园，继续读研究生无疑是一个好的选择。只是有些事，远非如此简单，他还有家人，有责任，经过激烈的思想斗争后，他选择了工作。

学校最终的分配结果出来了，海子进入了中国政法大学工作，一同分配过去的，还有室友刘广安在内的其他八位同学。他对自己的工作很是满意，因为没有离开学校的单纯气氛，这是他的理想状态。他的父母更加满意，首都北京的一份铁饭碗，这是他们做梦都没有想到的美事。

毕业了，他即将离开北大，只是还未说再见，那翻滚的离愁别绪便将他紧紧包裹。他不会遗忘，这里的一草一木，不会遗忘，这里的点点滴滴，他要用诗集给自己终将逝去的大学时光画下完美的句点。

我年纪很轻
不用向谁告别
有点感伤
我让自己静静地坐了一会儿

然后我出发
背上黄挎包
装有一本本薄薄的诗集
书名是一个僻静的小站名

小站到了
一盏灯淡得亲切
大家在熟睡
这样 我是唯一的人
拥有这声车鸣
它在深山散开
唤醒一两位敏感的山民

并得到隐约的回声

不用问
我们已相识
对话中成为真挚的朋友
向你们诉愿
是自自然然的事

我要到草原去
去晒黑自己
晒黑日记蓝色的封皮

去吧，朋友
那片美丽的牧场属于你
朋友，去吧

——《小站——毕业歌》

未名湖畔，奏响骊歌。海子决定自费印刷一本名为“小站”的诗集，纪念四年青葱岁月。精选诗歌，准备蜡纸，设计封面，联系出版社，在文学社朋友们的帮助下，他的《小站》出版了。

这是独属于海子的第一本诗集，收录了他在北大创作的二十三首诗歌。从整体作品来看，那时的海子受北岛、江河等诗人的影响颇深，还没有形成自己的风格，但诗文中已然出现了“村落”“麦地”等意象。

在后记中，他如此写道：对宽容我的回报以宽容，对伸出手臂的我同样伸出手臂，因为对话是人性最美好的姿势。他把《小站》放在报亭，供大家自由取阅，一时间引起小小的轰动，同学们赞叹着，原来法律系也有如此才情的男子。

什么人掌灯，把你照亮。这年，他十九岁，拿到了鎏金的毕业证书，怀揣着诗歌的梦想，义无反顾地踏上未知的旅程。

第四节
生活·麦田吹来微风

每个人的大学时代，都定格过一张学士服的照片。四年时光，换今朝一夕分离，总要留一张缀满回忆的相片，慰藉漫长时光。盛夏的季节，七月未央，他套上学士服，戴上学士帽，郑重其事地将帽穗拨到左边，然后大跨步地向着未名湖畔走去。今天，是拍毕业照的日子。

还是那水，那草地，那垂柳，一切都是如此熟悉，他却生出遥远而陌生的思绪。盛夏光年，空气中弥漫着燥热的悸动，又氤氲出毕业前夕的感伤。他站在人群中，耳畔交织着同学们叽叽喳喳的交谈声，眼眶不禁有了些许湿润。

西川和骆一禾早已在湖畔等待，当他们看到海子穿着学士服的正经模样，忍不住啧啧称赞。骆一禾举起相机，将这个倔强的瘦削青年定格在底片之上，然后，他请来一位同学帮忙拍三个人的合影。他们站在一起，一样的意气风发，不一样的眉目神情，快门按下时，西川的手潇洒地插在裤兜中，骆一禾轻轻搂着海子肩膀——这是他们三人的第一张合影，也是最后一张纪念。

“一、二、三——茄子——”

海子紧紧盯着相机的小小黑洞，露出一抹深沉的微笑。再见，未名湖，再见，亲爱的北大。

工作前，他最后一次与五四文学社的朋友们一起溜进校外的酒馆，进行毕业前最后一场话别。酒酣耳热，饮到痛快处，骆一禾举起酒杯，大声地朗诵起古诗：“何日功成名遂了，还乡，醉笑陪公三万场，不诉离殇。”听罢，海子也如是说道：“人生到处知何似，应似飞鸿踏雪泥。雪上偶然留指爪，鸿飞哪复计东西。”

毕业笙歌早已吹响，对于未来，他们踌躇满志；对于朋友，他们满腔不舍，唯有将一切付诸酒杯，抛在脑后。语毕，海子举起桌上的酒杯，一饮而尽。如他所说，他就是那踏雪泥的飞鸿，在北大的雪地上留下浅浅的脚痕，便又匆匆赶路去了。还好，他依旧在北京城，这棵繁茂的梧桐树，正等他落地生根。

面对棵棵绿树

坐着

一动不动

汽车声音响起在
脊背上

我这就想把我这
盖满落叶的旧外套
寄给这城里
任何一个人

这城里
有我的一份工资
有我的一份水
这城里
我爱着一个人
我爱着两只手
我爱着十只小鱼

跳进我的头发
我最爱煮熟的麦子
谁在这城里快活地走着
我就爱谁

——《城里》

白云飘荡，草木葳蕤，拥挤干燥的北京城，有他的工作，他的未来，他的诗歌。他是快活的，海到尽头天作岸，山高绝顶我为峰，那棵煮熟的麦子，跳进他的头发，让他快活地走在北京城的街道上。他拥有了自己的一片天空，畅想也不再只是贫瘠的梦。

其实，在他去中国政法大学报到前，他的“诗名”便传到了那里。校领导们对他的文学修为很是欣赏，便将他安排到了校刊部工作。法大校刊部下属于党委宣传部，主要为了宣传正确的思想路线及大的主流文化，在某种程度上，校刊部把握着法大的舆论方向。

写稿子，修稿子，编稿子，这份与文字打交道的工作，可谓正合他的胃口。海子如是说：“性情所在，所向皆立！只要我对这一方面感兴趣，我就一定能做到最好！”

每个深夜，某个地方，总有最深的思量。近水楼台先得月，在校刊部，他总是有机会在第一时间领略法大文人骚客的诗情别绪。每每校刊刊印时，他总是第一个翻到文艺版块，兴致勃勃地浏览品读，他发现，这里虽然不及北大那般活泼浪漫，但依旧紧跟时代的脉搏，这里人才辈出，各领风骚。

看到兴处，他也会翻出自己的诗歌投稿，只是为了避嫌，他总是不停更换着笔名，所以在校刊部的办公室里，常常出现这样的情况：几位编辑对着一篇诗歌啧啧称叹，还激动地拉海子品读审阅，海子一边看一边无奈地笑，这分明就是他自己的作品嘛……

人生最大的惬意，莫过于亲人、朋友和诗意的生活。虽然远离家乡，他见不到可亲可爱的父母弟弟，但他知道他们在故乡的土地上，默默支持着他的人生，这已足够。如今，他在法大，与最爱的文字为伍，不禁醉在墨香之间。有时候，工作累了，他会在办公室外的法国梧桐下，伫立静默，轻叹岁月。

静默是他的习惯，他的感慨全都跃然纸上。现世安稳，在法大的人生，总让他出现幸福的幻觉，他如是写道："大地是我的母亲，这里是我的摇篮，我用瘦弱的臂膀，将它缓缓地推动，当我舒适的时候，我会轻轻歌唱、我见了每个人都好，我爱的人……"

时光如水，总是无言，当尘埃落定，诗人的生活只剩下简单的符号和剔透的诗意。后来，他的同事孙立波如是回忆说："小查在我脑海里的第一个也是至今难以磨灭的印象是，他下班回来后，时常拎一个学校发的绿色的铁皮暖壶，在我的房间不远处打水，偶尔我们会聊上几句，他是个很不错的小伙子。"

在法大，海子当选爱国卫生委员会委员，常常需要去图书馆开会。那时，他经常心不在焉地在纸上涂涂画画，当他发现一位委员如他那般，在角落里摆弄相机时，便悄悄对他说："如果有好的照片，拿到校刊来发表吧，每张两块钱稿酬。"这个人便是唐师，同样来自北大，后来他们成为好朋友，经常一起溜进胡同里的酒馆畅饮几杯。

生活，生出来，活下去。城里的月光，把梦照亮，这样的人生，让诗人颤抖的心慢慢沉淀，安静如一颗晶莹透明的玻璃珠。

不知不觉，第一个月过去了，他怀着复杂而奇妙的心情领取了自己的第一笔工资，九十块钱。看着这样一笔“巨款”，他的万般情绪只化作幸福二字，他想到了家里的父母，如果他们收到这样一笔钱，不知道该高兴到什么程度！

想到这里，他捏着这沓钱，一路小跑地向着邮局奔去，激动地填下汇款单，将其中的六十块钱寄给了生他养他的父母。勾勾画画，他郑重其事地将钱递上，感觉自己是世界上最幸福的人——自己终于有了回报父母的能力。

一张汇款单，六十块钱，海子能够预料到，父亲又惊又喜的眉眼，和母亲欣慰不已的眼泪，只是他没有想到，在遥远的查家湾激起的另一番波澜——

查振全从镇上的邮局取了钱，只觉神清气爽，仿佛年轻了好多岁。他没有想到，儿子一个月的工资竟然比田里一年的收入还要多，霎时间，他觉得所有的辛苦都是值得的，老查家弯了几辈子的腰杆终于挺了起来！

他在镇上的市场来回逛着，买了农具、种子，还特地花了两块一毛九分钱买了三斤肥瘦相间的膘肉，拎回了村里。走在回家的路上，他脚步轻快，脸上挂着久违的笑意，乡里乡村的人们，看他手里的大猪肉，啧啧称赞地和他打着招呼，他都笑呵呵地一一回应：“老大给寄了几个钱，咱买几斤肉给孩子吃！”

他的声音，依旧憨厚，却难掩溢出的骄傲。海生接下了生活的重担，成为家里的顶梁柱，以后的生活一定会越来越好。劳苦一辈子的老两口，终于可以好好歇歇，享享清福。

寄过钱后，海子特地去了一家餐馆犒劳自己。一个人，一顿饭，这是他第一次自己下馆子，他专门点了猪肉圆子和酸辣白菜，吃着吃着，便湿了眼眶。回忆蔓延，氤氲的热气间，往事如幻灯片一幕幕播放，他看到在厨房剁着白菜的母亲，看到趴在门口流口水的弟弟们，还有沉默的自己。

味蕾是最真实的记忆，在泛滥的思念中，他放下筷子，捂住酸涩的眼睛……

月色正好，他走在学校的路上，眼睛紧紧盯着月亮，忽然发现，原来自己已经好多年都没有玩过晃脑袋的游戏。想着童年光景，他轻轻摇晃脑袋，没想到，只几下便头痛不已。原来，随着成长，他已渐渐失去少年时的习惯，原来，他离过去已如此遥远。

只身打马过草原

第一节 见证·亚洲铜，亚洲铜

谁的歌，铺满荒寂的沙漠？谁的歌，璀璨蔚蓝的天际？谁的歌，散落大海的波纹？应该是他吧，年轻的诗人，执着的少年，他以笔为矛，用一首首炙热的诗篇，攻下一座座城池。

在诗歌的王国里，海子用温热的灵魂，写下富足的诗意。只是，他依旧忧郁着，一如从前的模样。如今，他有了薪水，得到了物质上的最大满足，但满足过后，浓郁的悲伤便又席卷而来，归根到底，他所追求的太阳，从来不是物质的欲。他说，我的心就是一颗在风中摇摆的核桃，同样的千疮百孔，同样的坚硬无比。

一日，他站在镜子前，仔细端详着，细数时间的痕迹。镜子里的他，眉目漆黑，依旧是那样倔强的少年，却又添了不一样的颓废气质：他留长了发，蓄起了胡须，想要多留一分安全感，却也多了几分苍老。

拉扯嘴角，他对着镜中的自己露出真挚的笑容，那两颗洁白而坚硬的门牙，赤裸裸地暴露在阳光下，照亮了少年小小的心脏。忽然，在逆光的方向下，他在自己的黑发间，发现了一根银丝。视线定格，血液凝固，这根白发犹如刺目的命运，让他吞咽不得。他如是默念道：

“我的第一根白头发，这是我的第一根白头发，我想用刀将这根白头发挖出来，将它暴晒在太阳底下，晒出油血来，还我以生命的纯元；这是我的第一根白头发、谁知道这是怎么回事，我也知道，他们也有很多白头发，可是，我不能接受，就像我不能接受自己成为另外的一个人。这是我的第一根白发，我知道这不会是第一根，我的生命已经开始枯竭，我知道这样的白头发，还会出现第二根，第三根，第四根——直到它们有足够的面积覆盖我的黑发，然后我的青春我的壮年不过都是一句玩笑话！”

他的苍老，从心开始。

他的血管，越来越纤细，他的神经，越来越敏感。当他诗歌的字里行间，少了诗意，多了诡异，他诗人的灵魂，只剩下翻滚的呐喊：“我要在我自己的诗中把灰烬歌唱。变成火种！与其死去！不如活着！在我的歌声中，真正的黑夜来到。一只猿在赤道中央遇见了太阳……”

他是如此的不同，目光深邃，思想锐利。当堆积的量变引发心底的质变，他的诗歌，脱了模仿的痕迹，变得扑朔迷离，又引人入胜，如他那般深刻。或许，疼痛总是容易撕裂心脏，年轻的诗人也在痛苦的体悟中，刻下澎湃的徽章。

风来了，吹不散眉弯，那跳跃着的诗句，散落无垠旷野，在金色的麦田里，蓬勃出绿色的生命灵光……

“他把主要的精力放在了诗歌创作上，即使在上班的时候，他也不会忘记打理他的句子。即便毕业离开了北大，他也利用各种机会回到母校和北大的诗人们畅谈一番。母校有着无穷无尽的智慧，海子就是要在这里吸收更多的知识精髓，为他的创作埋下深深的根基……”

有人曾这样描述海子的生活。原来，诗歌早就成为他的太阳，他的生命。徜徉在诗歌的王国，这个十九岁的男人，学会了分娩，他用爱恋的眼神滋养着笔尖孕育着的诗篇，直到它脱离母体，跃然纸上。

幸福于他，从来就不是物质的多少，而是朦胧意象捕捉后的快感，是诗歌在身体里冲撞的回声。他是诗歌的情人，以梦为马，潜心在语言的游戏中，痛并快乐着。诗意的幻想中，他看见无数个海子复活，向他招手。

我要做远方的忠诚的儿子
和物质的短暂情人
和所有以梦为马的诗人一样
我不得不和烈士和小丑走在同一道路上

万人都要将火熄灭 我一人独将此火高高举起
此火为大 开花落英于神圣的祖国

和所有以梦为马的诗人一样

我借此火得度一生的茫茫黑夜

此火为大 祖国的语言和乱石投筑的梁山城寨

以梦为土的敦煌 那七月也会寒冷的骨骼

如雪白的柴和坚硬的条条白雪 横放在众神之山

和所有以梦为马的诗人一样

我投入此火 这三者是囚禁我的灯盏 吐出光辉

……

——《祖国，或以梦为马》

海子如是说，太阳是我的名字，太阳是我的一生，我必将失败，但诗歌本身以太阳必将胜利。活在阳光下，以梦为马的诗人诗意地栖居，直到梧桐叶落，铺满庭院，直到白雪皑皑，挤满窗棂。

年关将至，他打点行装准备回家。有时候，他觉得自己就是随季节变迁的候鸟，无论怎样诗意栖居，都阻挡不了生活的迁徙。他要回查家湾了，这是他工作后第一次回去，多了几分不同的意义。

他用存下的工资，买了一大包北京特产，又给父母弟弟们买了新的衣服……这一次，他不是学生，少了大一归家时的囊中羞涩，更添了几分从容，几分坚定。穿上新皮衣，他可谓衣锦还乡，愈发像城里人的做派。事实上，每次回家，他都很注意自己的体面，不只是为自己，而是为家人在邻里乡亲间的脸面。

坐在归家的列车上，走走停停间，他听着列车员熟悉的报站声，恍惚回到四年前。依旧是摇摇晃晃的车厢，依旧是吵闹喧哗的交谈声，但此间的少年，已一点点长成大人的模样。如今，他虽然未满二十岁，但却能够用自己的力量养活父母亲人，总有一日，他会供三个弟弟上大学，他会把全家接到北京安顿……

长子归来，父母自是高兴不已。他们絮絮叨叨地说着家里的变化，汇报似的说着每一笔汇款的去向，听到这里，海子忍不住笑了。家确实变了，曾经家徒四壁，如今熠熠生辉，那破旧的院子拾掇规整了，那灰暗的房间重新粉刷了，连低矮的屋檐上也挂上了风干的腊肉，以及金灿灿的玉米……

晚上，团圆的一家人围坐在火炉前，吃些小吃，扯些闲话。不经意间，父亲提起了铜矿石，原来，离查家湾不远的月山镇已经探测出数量可观的铜矿石，不久后便要动工开采，而这可能波及自己附近的村落。查振全叹息说："唉，我老查家算是熬出头了，就算不种地也可以养活自己，可咱的乡亲往后吃啥喝啥呢？"

失了土地，农民便失了生存。他不明白，城市的发展为何要残忍地攫取农村的血液；他不明白，铜矿石如何可以代替甘甜的麦穗、金黄的玉米；他不明白，村庄已经如此贫穷，为何还要剥夺世世代代赖以生存的土地？千言万语，纷乱思绪，他不知道答案，也寻不到答案，他只知道，诗意的村庄正走在消亡的路上。

亚洲铜，亚洲铜

祖父死在这里，父亲死在这里，我也会死在这里

你是唯一的一块埋人的地方

亚洲铜，亚洲铜

爱怀疑和爱飞翔的是鸟，淹没一切的是海水

你的主人却是青草，住在自己细小的腰上，

守住野花的手掌和秘密

亚洲铜，亚洲铜

看见了吗？那两只白鸽子，它是屈原遗落在沙滩上的白鞋子

让我们——我们和河流一起，穿上它吧

亚洲铜，亚洲铜

击鼓之后，我们把在黑暗中跳舞的心脏叫做月亮

这月亮主要由你构成

——《亚洲铜》

情到浓时，他感觉诗意的话语从脚底向上蔓延，他知道，那是父辈的忧郁，土地的叹息，他颤抖着双手，为它们写下这首不朽的诗

篇——《亚洲铜》。诗歌大家谢冕先生如是评价说："它意象明净而疏淡，展现着古老土地上的忧郁以及对于悠远文化的思考。它无意于炫耀博学，也不堆砌史料，以歌谣的明亮写出了丰厚的意蕴。"

在海子诗后的注脚里，他将"亚洲铜"的意象作了简要剖析。"亚洲铜"者，"土地"也，因为亚洲大陆的黄土地与铜矿石拥有相似的颜色，因为黄铜色是耕地人的肤色。海子用独特的意象比喻，带出独特的审美眼光，巧妙地将"黄土地"贯穿全诗。

这首诗，在海子的创作生涯中占据着重要的位置，谢冕先生的评价，精准而中肯。只是，这首诗完成后不久，采矿场便进驻了月山镇，土地被征占了，村民搬迁了，在轰隆隆的机器声中，农民成了工人，诗人用诗句为纯朴的村庄，做了最后一次见证。

第二节 寄托·劈开了骨头的秋天

有人说，亲情是一种责任，爱情是一种目的，只有友情，令人最为感动。茫茫人海中，多少人与你擦肩，成为生命的过客，又有多少人注视着你，听懂你心灵深处的那一声叹息。相遇，相识，相知，生活之中，因为知己而分外美丽。

他是海子，因为诗歌，他结识了西川和骆一禾，又因为西川和骆一禾，他的诗歌世界更加完整。他用文字托起整个世界，他的每一滴血液，每一个细胞，都为一个个缀着诗意的汉字而深深痴迷。

有人如是评价说："他青春的语言魅力是显而易见的，他构架的诗歌语言让人捉摸不定。在驾驭语言的技巧上，他显然有自己的过人之处，经过长期的语言打磨，他破坏固有的语言体系结构已经有了自己的独特方法，建立起了属于自己的结构模式，这是后现代主义写作经常用的方法之一。海子也不例外。但他建立的语言结构体系新颖，让人耳目一新。”

诗歌是他的情绪，他的情感喷发。一首《亚洲铜》，写出了他对土地的眷恋与幻想，细细品来，那黄土地变成了在黑暗中跳舞的心脏，耐人寻味，别有一番滋味。后来，这首诗发表在 1985 年第一期的四川民刊《现代诗内部交流资料》上，成为他人生当中极有代表性的作品。

当他还没从黄土地的深沉情感中回过神来，他的好朋友便来了。人生处处有惊喜，当西川和骆一禾双双出现在查家湾，又惊又喜的海子赶紧出门迎接，母亲操采菊也是高兴不已，在厨房灶前忙碌了好久，为他远道而来的朋友做着地道的农家菜。山村野里，她拿不出山珍海味，却能用一颗朴实的心，给儿子的好友们一份暖暖的味蕾体验。

几道家常菜，一瓶小米酒，三个许久未见的至交好友，聊到兴处时，他们感觉自己回到了北大门外的小酒馆，只是时光易逝，他们早已不是从前的青涩学生，还好交情未变，诗歌不老。

席间，三人聊起海子的《亚洲铜》，聊起他对土地的眷恋以及对世界的认知，西川和骆一禾将他的进步看在眼里，一边称赞不已，一边发自肺腑地为他高兴着，他们没有看错，这是个有灵性的执拗大男孩。

乡村是他的土壤，麦田是他的乳液，在这淳朴的滋养下，他醉心于苦痛，不断锤炼自己，燃烧自己。有人说，他的诗歌带着贵族式的病态，一如另一位伟大的艺术家——梵高。

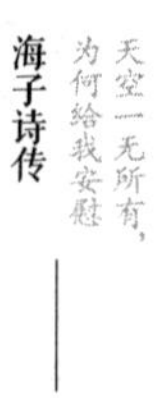

从《麦田》到《夏天：阿尔的麦田》，再到《麦田上的乌鸦》，梵高用绚烂的色彩，反反复复地涂抹着麦田的气息。他是麦田的儿子，一颗炙热的艺术心全部为它点燃。因为麦田，也因为艺术，海子深深为这个有些神经质的大画家所折服，亲切地称他为“瘦哥哥”，并在1984年为他献上滚烫的诗篇：

到南方去
到南方去
你的血液里没有情人和春天
没有月亮
面包甚至都不够
朋友更少
只有一群苦痛的孩子，吞噬着一切
瘦哥哥梵高，梵高啊
从地下强劲喷出的
火山一样不计后果的
是丝杉和麦田
还是你自己
喷出多余的活命的时间
其实，你的一只眼睛就可以照亮世界
但你还要使用第三只眼，阿尔的太阳

把星空烧成粗糙的河流
把土地烧得旋转

举起黄色的痉挛的手，向日葵
邀请一切火中取栗的人
不要再画基督的橄榄园
要画就画橄榄收获
画强暴的一团火
代替天上的老爷子
洗净生命
红头发的哥哥，喝完苦艾酒
你就开始点这把火吧
烧吧

——《阿尔的太阳——给我的瘦哥哥》

中西之隔，天涯咫尺，海子的麦田和梵高的向日葵完美地纠葛缠绕。如果说人的命运早就写好，那这两个本不相干的人，却走出如此相似的人生。或许，在本质上他们是相同的，同样的才华横溢，同样的执拗单纯，他们注定在生命爆炸的那一刻，展现出无尽的绚烂与辉煌，让梦想不老，让信仰永生。

绿色是妖娆的，金色是绝望的，行在人生路上，他们的生命不是周而复始的循序渐进，乌鸦从一开始就象征着死亡。海子坐在窗前，看着梵高那割了耳朵的自画像，不禁怔忪，那卷曲杂乱的头发，金红茂密的胡须，还有那深邃的眼神和枯瘦的面容，都深深捶打着海子的艺术之心。

海子将梵高的《向日葵》油印出来，挂在了宿舍的墙上。夜深人静时，每当他灵感枯竭，写不出诗句，他便枯坐在画前，看那热烈的金黄色，烧透他的眼，烧尽他的心，他仿佛能够感受到梵高依旧跳动在画作里面的心脏，那炽烈的血液总让他热血沸腾，诗绪也在蓦然间升起。笔尖流淌的诗句，仿佛长了灵魂，再不受他的控制……

雨后的葵花，静观的
葵花。喷薄的花瓣在雨里
一寸心口藏在四滴水下
静观的葵花看梵高死去
葵花，本是他遗失的耳朵
他的头堵在葵花花园，在太阳正中
在光线垂直的土上，梵高
你也是一片葵花。

新雨如初，梵高也是一片葵花，流淌着金黄的火苗，金黄的血液。这是他的瘦哥哥，他心中的信仰。

向日葵：语言的复出是为祈祷

向日葵，平民的花朵

覆盖着我的眼帘四闭

如四扇关上的木门

在内燃烧，未开的葵花

你又如何？

是的，你又如何，海子，你又如何？梵高早已葬入了地下，而你依旧活在耀眼的阳光下，那朵朵葵花，犹如心神的怒放，犹如燃烧的蝴蝶，静静开放在钴蓝色的瓦盆上。

因为梵高，海子眼中的葵花有了炽热的温度和火红的生命。他说，葵花，你使我的大地如此不安，像神秘的星辰战乱，上有鲜黄的火球笼盖，丝柏倾斜着，在大地的乳汁里，默默无闻，烧到了向日葵。

一个诗人，一个画家，他们因艺术家的血脉而变得心绪相通。有人评价梵高说："他用全部精力追求了一件世界上最简单、最普遍的东西，这就是太阳。"梵高是为画画而生的，他没了画，便失了太阳，海子是为诗歌而生的，他没了诗，便失了最简单的纯粹。或许，这句评价放在海子身上，同样精准、确切。

劈开骨头的秋天，艺术家的他们看到的是，明晃晃的太阳。

度过短暂的春节，诗人海子踏上了返回北京的旅程。坐在车窗前，他看着不断倒退的广阔麦田，再一次思绪起伏。其实，在查家湾这片南方的土地上，麦地并不如北方广阔，但却依然在他的眼里翻涌出滔天巨浪。

梦中，笔下，麦田频繁出现在他的生命里，给他精神的养料、书写的勇气以及行走的力量。诗人燎原称他和骆一禾为“麦地之子”，他们两个诗友知己，都离不开麦地，离不开那虔诚的绿色，以及金色的麦芒。

有人说梵高是扑向太阳的豹，其实，海子又何尝不是，那扑向麦田的鸟？

在北京，在全国，诗歌的盛宴依旧流淌，无论是在校大学生，还是走上工作岗位的有志青年，都沉浸在诗歌的灿烂年华里，狂欢不止。而在中国政法大学，海子早就诗名远扬，他身边总是围绕着一群同样为诗歌癫狂的法大学生。

他们是稚嫩的，也是炙热的，就像一朵朵含苞待放的花蕾，想要用颤抖的笔尖喊出心底的呐喊，在诗歌的国度里拥有属于自己的一片绚烂天空。海子看着他们，总能在恍惚间想到当年的那个自己。那时候，因为骆一禾，他在诗歌的殿堂里落下一个个坚实的脚印，如今，他愿意化身春雨，滋养同样追逐梦想的文学青年。

他带着他们创办了《星尘》诗刊，并努力将它办成在诗歌界最具影响力的杂志，给年轻诗人们一个成长的舞台。创刊那日，法律系团委宣传部部长李青松送来支持，《诗刊》主编邹获帆、作家高潮、诗人刘湛秋等都送来了寄语，海子将其巧妙串地联为了发刊词：“你们自信而默默地燃烧，用你们纯净的灵魂。你们对着阳光大声宣告：我是春的生命。你们是河岸上一股新鲜的气流，逼近了。”

因为《星尘》，他结识了顾城。不知多少人还在回味“黑夜给了我黑色的眼睛，我却用它寻找光明”，多少人又在“你一会看我，一会看云，我觉得你看我时很远，你看云时很近”中缱绻思念？顾城，这个远近闻名的“童话诗人”，有着干净的短发，和明亮深邃的眼睛，他用多彩的笔触，书写出最最细腻的情感。

那时，诗刊请顾城来做讲座，海子与他相见了，这个善于学习的人，接触了顾城这个活在童话里的清澈诗人，也禁不住烂漫起来：

她走来

断断续续走来

洁净的脚

沾满清凉的露水

她有些忧郁

望望用泥草筑起的房屋

望望父亲

她用双手分开黑发

一枝野桃花斜插着默默无语

另一枝送给了谁

却从来没人问起

春天是风

秋天是月亮

在我感觉到时

她已去了另一个地方

那里雨后的篱笆像一条蓝色的

小溪

——《女孩子》

他们有着不同的人生轨迹，却因为诗歌偶有些许交集。海子的这首诗，多多少少带着顾城的笔法，不知是巧合，还是共通。他这首“蓝色的小溪”，暗涌出的忧郁色彩，总让人禁不住想起顾城这个虔诚的诗歌信徒。

喧嚣过后，总有人将他们两个做着比较。其实有什么好比的呢，两个同样赤诚的诗人，将诗稿缠满永恒的孤寂。点燃一场焰火，照耀绚烂的华丽，他们是一样的，又是不同的，死亡成了两人留给世界的最后诗篇……

第三节 爱情·打钟的声音里皇帝在恋爱

莎士比亚曾说过："爱情！沉重的轻浮，严肃的狂乱，整齐的混乱，铅铸的羽毛，光明的烟雾，寒冷的火焰，憔悴的健康，永远觉醒的睡眠，否定的存在！我感觉到的爱情正是这么一种东西。"谱一曲天上人间，奏一曲岁月静好，在这忙碌的世间，爱情分分合合，悲悲喜喜，却从来都是最珍贵的记忆，在成长的路上留下斑斑驳驳的记忆。

情窦初开的年纪，爱情是最浪漫的心事。不知道从什么时候开始，诗人海子的心里，开始长出浪漫的情怀，他的梦里住了一位遥不可及的女神——阿芙洛狄特。多少次入梦，多少次魂牵梦萦，女神从海底缓缓升起，那性感温热的嘴唇，那蓝如海洋的双眸，那瀑布般的长发，让海子忘记了呼吸。在他的梦境中，她是睡在蓝莲花上的古典神女，沉寂如胚胎，却偏偏散发着诱人的高贵与神秘。

“她是美的抽象，是诗人们梦幻中的美，她就像一座冰山，却蕴藏着岩浆一样火热的情感。”诗人海子沉醉了，只是那时他还不知道，爱情正迈着优雅的脚步，向他款款走来。

在法大，他并没有把所有的精力都放在诗歌之上，除了写诗，他还做了很多自己专业领域的研究。多年的贫困，多年的艰辛，让他过早懂得了现实的意义，为了给家人安稳和幸福，他愿意付出多倍的努力。

他撰写过《从突变理论看国家产生形式和法的作用》，并在中国政法大学第一届法制系统工程学术研讨会上做了交流报告，他还在1984年参与组织了学校的法制系统科学研究会，并以副秘书长的身份发表了论文。虽然种种晦涩的理论让他昏昏欲睡，但他依旧双脚着地，走在法律的路上。

还好，是金子总会发光，所有的努力都会有收获，他在工作上受到了领导的赏识，觉得他这样勤奋真诚又充满才气的男孩在校刊部有些大材小用，便将他调到政治系做助教，聘期三年。

如果说，人生是一场跳格子的游戏，那么海子也算跳到了一个新的阶段，他走上讲台，成了一名大学教师。政治系助教，新的起点，新的人生，他的工作比在校刊部时忙碌了，收入也比那时高了，更重要的是，他可以与那些朝气蓬勃的年轻面孔多多接触了。

霎时间，他觉得日子充实而轻盈起来。对于未来，他有太多期许，只是他没想到自己可以站在高等学府的讲台上，对着一双双求知的眼睛侃侃而谈，他更没有想到，自己所有的甜蜜与痛苦，都从这个讲台开始。

他主要负责教授哲学的课程，这个半路出家的助教，没有任何教学经验，也没有受过任何训练，只能凭借回忆过去老师讲课的模样，并试着模仿练习，只是，无论如何都达不到他预期的效果。

开始上课了，他正式走上讲台，面向各个院系的同学们。教室闹哄哄的，而他是紧张的，他努力用自己的声音提起大家的兴趣，但不管他怎么努力，认真听课的依旧寥寥无几。看着台下或发呆或读小说或埋头大睡的学生们，海子信心全无，不知如何是好。

有些哲学课本就是晦涩无聊的课程，那些经验丰富的老教授们也不过照本宣科，讲不出什么精彩生动的东西。更何况在改革开放的年月里，学生们只对当下流行的思潮感兴趣，这些经典化的课程，在他们眼里早就落伍了，所以才会游离于课堂外。相比课程，他们更感兴趣的是这位充满诗意的新老师。

有一次上课，他们纷纷要求海子讲讲诗歌，羞涩的诗人听了很是犹豫，但为了活跃课堂氛围，他还是丢掉课本，以诗人的身份做了自我介绍，并简单介绍起当代诗歌的发展方向，最后，当他应学生的要求朗诵《亚洲铜》时，下课铃声响了起来，教室一片哗然，学生们吵着嚷着不愿走，海子只好答应大家，以后的哲学课，再留出些时间讲诗。

在学生们眼里，他只是一个年轻瘦小的诗人，没有教授的作派，每日用带着安庆方言的普通话，诵读出最美丽的音符。天气好的时候，海子还会组织大家一起去门头沟出游，而他也总是抢着买票、买水、买面包。他是诗人，是朋友，更是兄长，他悉心照顾着充满活力的年轻学生。

有时候，他们会围坐在草地上，你一言我一语地谈论诗歌，谈论文学，而海子，总是微笑着沉默，偶尔在吵吵嚷嚷的拌嘴中插句掷地有声的话语。有人说，这样的场景像极了孔子和他的七十二门徒，坐而论道，不分你我。

他还是星尘诗社的顾问，每次诗社活动他都会受邀参加。瘦小如他，总是坐在角落里，静静聆听年轻人热火朝天的讨论，但他周身散发出的独特气质，深深吸引了一个叫作 B 的内蒙古女子。

那是一次诗歌朗诵会，海子用绵软的声音诵读了自己的诗歌《历史》："我们的嘴唇第一次拥有，蓝色的水，盛满陶罐，还有十几只南方的星辰，火种，最初由上的别离……"那时，他不知道，自己独特的嗓音，以及忧郁的眼神，摄住了一个女孩的灵魂。

这是一个怎样的男子呢，他的心应该是清冽透明的吧，他的气息应该有冰泉的甘甜吧。当爱情来的时候，他成了她心中最美好的怦然。朗诵结束了，海子回到自己的位置，B 借机蹭过去，与他交流起来。

海子是内敛的，不善言辞，在女孩面前更是羞涩不已，但只要说起诗歌，他便换了一番风采，滔滔不绝，魅力四射。而 B 是八三届学生，高级知识分子家庭出身，表兄是《草原》杂志的编辑雁北，拥有颇高的文学素养，尤其对诗歌兴趣浓厚。她是感性的，所以爱上满身才气的忧郁诗人，仿佛是水到渠成之事。

海子的爱是纯洁干净的。起初，他只当B是众多诗友中的一员，只是聊到兴处时，B炙热的眼神点燃了他的心。四目相对，一时无言，他在躁动的空气里嗅到了温暖甜蜜的气息，六月疯长的青草，将两人的双脚轻轻缠绕……

他恋爱了，时间的车辇向前，载来最细微的情感。怦然心动，甜蜜羞涩，初尝爱情的诗人，只觉一万只蝴蝶飞出胸口，让他不知不觉随之翩翩起舞，这样的感觉太奇妙，连文字都变得软绵无力起来。

他如是写道："打钟的声音里皇帝在恋爱 / 一枝火焰里 / 皇帝在恋爱 / 恋爱，印满了红铜兵器的 / 神秘山谷 / 又有大鸟扑钟 / 三丈三尺翅膀 / 三丈三尺火焰 / 打钟的声音里皇帝在恋爱。"情到浓时，诗歌成了喷涌的出口，在众人的包围中，他是苦心的皇帝，义无反顾地投入炙热的恋情之间。

"我是你爱人 / 我是你敌人的女儿 / 我是义军的女首领 / 对着铜镜 / 反复梦见火焰 / 钟声就是这枝火焰。"打钟，恋爱，无论她是谁，无论她来自何方，他都爱着，在小鹿乱撞的心动之间。

B经常来找他聊天，顺便帮他收拾房间。她是勤劳的，总是帮他整理叠放散落床头的手稿；她是贤惠的，会主动帮他缝补破掉的衣服；她也是坦率的，对自己的朋友坦言，他便是自己心目中的理想男人。

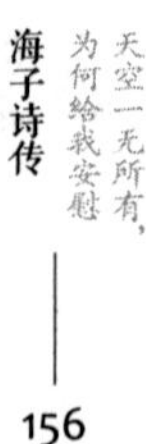

爱情来了，诗人懂得了心跳的甜蜜。有时，B 会特意来听他的哲学课，而这时的海子，总是乱了心绪，每每与 B 四目相对时便头脑一片空白，忘了讲课。将一切看在眼里的同学们，总会在课后打趣这对情侣。很快，两人在一起的消息，便成了公开的秘密。

爱你的时刻
住在旧粮仓里
写诗在黄昏

我曾和你在一起
在黄昏中坐过
在黄色麦田的黄昏
在春天的黄昏
我该对你说些什么

黄昏是我的家乡
你是家乡静静生长的姑娘
你是在静静的情义中生长
没有一点声响
你一直走到我心上

——《给你》

她来了，悄无声息，一直走到他的心上。曾经他以为，自己离不开故乡，离不开太阳，如今，他也离不开爱情。他的诗歌里，开始频繁出现王后、妻子、新娘等意向。B燃起了他无边的诗绪，B活在他的诗里，无处不在。

太阳升起，昼夜交替，日复一日，无休无止，但他的生活却有了鲜活的模样。每当走在校园，每当与她不期而遇，他的心便会泛起涟漪，哪怕只是擦肩时的点头微笑，他都能听到花开的声音。

周末的闲暇时光，两人会一起逛逛公园，聊聊天，一起坐在颐和园的长椅上，静静享受时光。阳光耀眼，洒落湖面，在波光粼粼的倒影间，他再次见到了梦中的阿芙洛狄特，那分明就是B的模样……

他们旁若无人地相爱着。阳光下翻滚的尘埃里，绚烂花朵肆意绽放。

第四节 狂乱·装满热气的两只小瓶

浮躁的人世间，爱情躁动着，诗人张开嘴，触碰第一滴晶莹的露珠，闪耀了诗篇的字里行间。

诗歌依旧浪漫着。西方人用长诗书写英雄历史，东方人用短诗抒发空灵情怀。其实，海子在写诗伊始，也是从短诗着手的，他喜欢短诗的含蓄内敛，也喜欢镂空的精巧，更喜欢干净利落的纯粹，他凭着自己一首首的短诗，在当代诗坛赢得了声誉。只是，因为西方诗作的影响，勇于抒发自我的诗人，将笔尖移向长诗。

他说："我写长诗总是迫不得已。出于某种巨大的元素对我的召唤，也是因为我有太多的话要说，这些元素和伟大的材料的东西总会胀破我的诗歌外壳。"在情绪的感召下，长诗来到他的生命，他发现精巧的短诗只能抒发一时的情绪，而壮阔的长诗，却能显现生命的厚重，他对长诗的兴趣越来越浓了。

不久，他的第一首长诗《河流》横空出世了，虽然文笔略显稚嫩，并带有模仿痕迹，但整体框架已显出雏形。他继续探究着，沿着长诗的河流不断前行，终于在1984年底写出了另一首长诗《传说》。相比《河流》，《传说》可谓荡气回肠，浑然天成，他用汉字的曼妙，书写了不亚于西方经典长诗的东方韵味。

因为长诗，海子眼底燃烧的火焰，更加狂乱，更加迷人。很快，《传说》得到诗坛友人的一致认可，发表在诗刊上。海子的诗歌创作，大踏步迈入新的阶段。

当然，《传说》的创作，依旧离不开他心底喷涌的炽烈情感。心随笔动，写诗的时候，他时而激动，时而平和，如同孩子般惹人怜惜。有人说，他心底的烈焰造就《传说》的大火，B是这场大火的催化剂。或许吧，但这样的海子也让B深深迷恋，她知道这个男子有着如缎子般柔软的纯粹心灵，她愿意伴其左右，见证他的诗绪与传奇。

因为爱情，他们多了幸福，多了甜蜜，也多了盎然诗意。

闲暇时光里，他与B相约去往北戴河，度过两人专属的浪漫约会。恋爱的季节，B娃娃般的脸庞，抖动在绚烂的阳光下，抖动在诗人抹了蜜的心底。在《传说》中，他如是写道：“第六天是爱情之日。”美丽风光下，她是独一无二的心动，有她的第六天，是他世界里最动人的诗句，他多想企盼上帝，将日子永远停留在这一天。

草原上的羊群

在水泊上照亮了自己
像自己温柔的灯
睡在男人怀抱中

而牧羊人来自黄金草原
头颅像一颗树根
把羊抱进谷仓里
然后面对黄金和酒杯
称呼你为女人

女人，我知心的朋友
风吹来风吹去
你如星的名字
或者羊肉的腥

你在山崖下睡眠
七只绵羊七颗星辰
你含在我口中似雪未化
你是天空上的羊群

——《黄金草原》

他为她写诗，发了疯般的，将爱情锁紧诗歌里。B是天空上的羊群，来自美丽的黄金草原，含在他口中似雪未化，她如星的名字，点燃了他手中紧握的焰火，点燃了更多优美的诗句。

那时，他醉在爱情里。

只是醉在爱情里的海子，还迷恋上了另外的东西——气功。

1985年底，北京掀起了一股气功热的浪潮。那时，一位叫作王青松的北大毕业生来法大表演气功，海子在偶然间走进围观队伍，便被他精彩的表演震撼了，他彻底被中国传统气功的博大精深折服了。

王青松的父母是乡村的赤脚医生，从小的耳濡目染让他对气功养生和中医理论研究颇深。通过他的推广，海子知道气功不仅有舒经通脉、强身健体的功效，还能磨练人的心境，不禁想要了解更多。只是当他想要单独找王青松交谈时，却发现王青松已经被热情的同学们包围，他无法近身。

后来，他又通过多方渠道打听王青松的消息，却一直杳无音讯。无论如何，王青松的这次表演，打开了他的气功之门，他开始走上气功修炼之路。

在一次全国法治系统工程学术讨论会上，海子见到了气功练到“大师”级的常先生。常先生是《探讨》杂志社的编辑，对海子投过的一篇论文很是印象深刻，两人也因此书信往来过很多次。这一次，相互欣赏的两个人终于相见，当海子得知常先生对气功很有研究，便提出要拜他为师的请求。

看着海子如此认真坚持的模样，常先生爽快地答应了。他耐心地教海子最基本的气功练习方法，按部就班地为他讲解。天资聪颖的海子也总是细心严谨地练习着，不知是心理作用，还是气功文化奥妙无限，一段时间后，他觉得自己的身体健壮了许多，连写诗时的头昏脑涨也逐渐消失了。

无论如何，这是他第一次切身体会到气功的魅力。他很是欣喜，发自内心地感激“师父”常先生，并想要付给常先生一些报酬，以表达自己的感激之情。但常先生没有接受，在气功领域，遇到一个愿意潜心研究的年轻人已属难得，更何况海子不仅是一个令人敬佩的徒弟，更是一位值得尊敬的诗人，所以他分文不收，并主动为他引见更多的气功高人。

又到一年春节，又到一年回家时。1985 年底，他回家过年，只是初尝爱情的诗人，有了不一样的心境。不曾恋爱的时光里，他心中惦念的只有父母兄弟，归家的心总是蠢蠢欲动，只是如今，有了 B，便添了思念，他思念着爱人的黑发，思念着爱人温柔的双手，思念着被距离阻隔的相见……

“思君令人老，岁月忽已晚。”多少个夜，当思念化入漫天雪花，将他的整个心绪覆盖时，他轻轻琢磨这样言辞切切的古诗。原来，这就是爱情，从前自己不屑诵读的酸腐诗句，都因为思念，添了动人的旋律。

当思念的洪水决堤，当诗歌无法燃烧寂寞，他便开始写信。每天晚上，他都在昏暗的书桌前奋笔疾书，有时候，一写便是一整夜。“我远方的爱人。你可知道，我在无边无际地，想你。”他如是写道。情真意切，言辞动人，他虽然明白，千言万语都抵不过爱人的一个拥抱，但忍受爱情折磨的诗人，除了将思念化作深情的信笺，还能怎么样呢？

没有她的日子，世界空得让人怀疑。除夕夜来临，在绚烂的焰火中，他对B的思念飙升到了顶点，他想要听见她的声音，拥抱她的体温，只是他跑遍了整个镇子，也没有找到几部电话，而昂贵的电话费让他的思念更加无奈磨人。

午夜的钟声敲响，在噼里啪啦的鞭炮声中，他对着远方，轻声说了一句：亲爱的，新年快乐！大雪纷飞，纷乱了诗人的头发，两人如约好那般，对着月亮许下真挚的誓言——“愿得一人心，白首不相离”！

频繁往来的信笺，让邮递员成了查家的常客，这也引起了家人的注意。当父母问起时，他只说是学校邮寄的学习材料，后来，他的大弟也发现了，在追问之下，他如实相告，并一再嘱托他不要告诉父母。

在那时的查家湾，婚恋是一件慎重刻板的事，相爱的双方只有在订婚后，才能公开恋情。他知道，如果自己恋爱的消息被村里人发现，一定会掀起一场轩然大波。虽然他不惧怕流言蜚语，但他要这段恋情自由纯粹，不受外界的任何干扰。

在家的那段日子，除了写信，除了思念，他仍然在坚持不懈地练习气功。有些时候，他也尝试在弟弟们面前演示，但都失败了，固执的诗人没有放弃，并将一切归咎于自己练习得不够。于是，他更加勤奋地修炼着气功心法。

假期终于结束了，他回了学校。多少封信笺，多少回想念，他终于见到了朝思暮想的爱人：

呼吸，呼吸
我们是装满热气的
两只小瓶
被菩萨放在一起

菩萨是一位很愿意
帮忙的
东方女人
一生只帮你一次

这也足够了
通过她
也通过我自己
双手碰到了你，你的

呼吸

两片抖动的小红帆
含在我的唇间

菩萨知道

菩萨住在竹林里

她什么都知道

知道今晚

知道一切恩情

知道海水是我

洗着你的眉

知道你就在我身上，呼吸

呼吸

菩萨愿意

菩萨心里非常愿意

就让我出生

让我长成的身体上

挂着潮湿的你

——《写给脖子上的菩萨》

时间缓缓行走，他们旁若无人地相爱着，狂奔在缀着思念的阳春三月。美好的恋情如水晶般剔透，如大海般深邃，他们是装满热气的两只小瓶，被菩萨放在一起。

构筑一个无人停留的小岛

第一节 孤独·鱼筐中的泉水

以生命为线，他用情感编织诗歌的长锦，以清音为弦，他用岁月供奉血液的温度。有人说，世上最困难的不是坚持，而是孤独地坚持，在长诗之路上，他是孤独的潜行者，虽然前两部作品让平静的诗歌界起了涟漪，但很快便掩埋在喧嚣之中，只是他依旧坚持着，不曾放弃。

他继续写着长诗，想要用自己的笔尖抛砖引玉，激起当代诗人创作长诗的欲望，给中国诗坛注入鲜活的能量，开出如《浮士德》《荒原》一般的绚烂花朵。1985 年，他推出了第三篇长诗《但是水，水》。

这是首实验性很强的长诗，第一篇《遗址（三幕诗剧）》、第二篇《鱼生人》、第三篇《旧河道》、第四篇《三生万物》，从标题到内容，他一一精心设计，并且四篇诗歌文体不同，风格迥异，是他在不断探寻中的颠覆性突破。记忆，诗绪，在世界被黑暗埋葬之前，他将自己埋在了句子里，喂饱思想，祭奠月光，周身缠绕着诗意。

有人如是说：“有些人能清楚地听见来自心灵的声音，他们依着那些声音作息，这种人最终不是疯了，就是成了传说。”那么海子呢？他大抵就是游走在疯子与传说间的诗人吧。单纯如他，只懂得将跳动的脉搏化成滚烫的诗句，从来不花费时间去经营人情世故，因此，这个依旧瘦小的青年，从未真正走进过喧嚣沸腾的诗歌界。

他时常光顾出版社和打印店，但那些势利的编辑们只对炙手可热的成名诗人感兴趣，从来不以作品说话。追名逐利的年代，太多人关注着自己的口袋，我们没有权力质问谁对谁错，但可怜的海子便成了没人理会的边缘诗人，很少有编辑回馈他过多的热情。

一次次冷遇，一次次敷衍，他终于在杂志编辑的不耐烦中领悟，宝剑出鞘不止需要好的作品，还需要懂得欣赏的伯乐。只是编辑依旧无动于衷，他这把锋利的宝剑也难逃被尘封的命运。

他领悟了，但这样的领悟太过残酷，让他这颗只为诗歌而生的心脏无所适从。他不懂得和编辑们搞好关系，也不愿面对杂乱的人事纷扰，他不想让这些世俗的东西破坏诗歌的那片净土。

那就退回去吧，守住心底纯粹的那方净土。当理想主义的洁白灵魂对上世间浮沉的喧嚣，有的人选择将自己放逐天际，在随波逐流间虚浮狂欢；有的人选择退回自己的阵地，在边缘地带爱怜地抚摸自己的骨头。而海子，毫不犹豫地选择了后者。

那就退回去吧，既然自己无法停止用文字雕刻生命，那就退回去吧，既然自己早就习惯了徘徊边缘地带的孤寂。

孤独是一只鱼筐
是鱼筐中的泉水
放在泉水中

孤独是泉水中睡着的鹿王
梦见的猎鹿人
就是那用鱼筐提水的人

以及其他的孤独
是柏木之舟中的两个儿子
和所有的女儿，围着诗经桑麻沅湘木叶
在爱情中失败
他们是鱼筐中的火苗
沉到水底

拉到岸上还是一只鱼筐
孤独不可言说

——《在昌平的孤独》

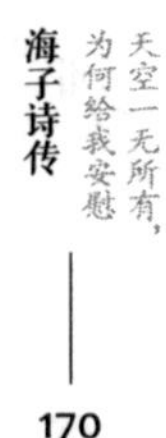

他说，在昌平的孤独不可言说。或许所有的天才都是在孤独中锻造，比如海子爱着的梵高。有时候，他看着镜子中憔悴的自己，便会想起梵高，他觉得自己愤怒焦灼着的头发，早就化身成梵高笔下的向日葵，病态地盛开着金黄的忧郁。他如是写道，孤独是一只鱼筐，是鱼筐中的泉水。

在孤独间，灵感喷涌如泉，他顾不了悬在头顶的命运利剑，匆匆踏上了诗剧《太阳》的创作之路。史诗式微，不止需要灵感，还需要长久的煎熬浇灌，一部《神曲》，但丁写了十四年；一部《浮士德》，歌德写了六十年；而一部在欧洲大地传唱几个世纪的《荷马史诗》，花费了荷马一辈子。而海子依旧愿意，在日复一日的人生中，将苦难熬成铁水，熔铸属于自己的，不朽的《太阳》。

太阳，火，光明，血，他用超乎常人的才华，写着这部太阳般的世纪长诗。为了补充不断消耗的灵感与内存，为了弥补思想上的些许亏欠，他开始阅读更多的书籍，探索更多世界的奥秘。他买了很多书，长诗、哲学、宗教，有趣的、晦涩的，只要能激发灵感，他统统带回昌平的住处。

目光聚焦他的小小房间，那里没有像样的家具，也没有讲究的装修，只有各式各样的书籍，堆满了他的床、他的桌、他的家。因为买书，他花费了太多，有时甚至拿不出吃饭的钱，只得啃些馒头咸菜充饥。

有一次，去他家串门的骆一禾发现他家里竟然连菜叶都没有一根，不禁哑然。看着这样的海子，骆一禾很是焦急，但他知道海子的秉性，知道执拗的诗人肯定不会接受别人的怜悯与施舍，哪怕这个人是情同手足的自己也不可以。为了给他补充营养，也为了顾及他敏感的自尊，细心的骆一禾只得每周来找他一次，并以兄弟聚餐的名义，给他带些有营养的吃食。

因为骆一禾，他的诗歌创作激情，从未因生活的磨难所消退。只是，考验无处不在，他的爱情，正在遭受前所未有的危机。

诗人雁北将海子与表妹恋爱的消息告诉了家人，只是没想到，一石激起千层浪，B 的父母有着强烈的门第观念，虽然没想过将自己的宝贝女儿嫁入豪门，但也没想过让她嫁进大山。他们希望自己的女儿能有稳定富裕的婚姻，而出身大山又沉溺于无用诗歌的海子，无疑不是他们心中的良婿。

他们反复警告 B，不要再和换不来粮食的穷诗人谈恋爱了，他们言辞凿凿地表明自己的立场，现在的浪漫与冲动是以苦痛的未来为代价的，作为她的父母，他们绝不妥协，因为不忍眼睁睁看着自己的女儿葬送在所谓的爱情之上。

当爱情遭受亲情的考验，怎么做都是为难，一直是乖乖女的 B，内心经历着巨大的拉锯战。她不明白，爱情本是你侬我侬的相互吸引，为何一向开明的父母会如此激烈地反对他们？他们的信来得越来越频繁，而她在刚开始的时候，还能耐心列举海子的美好与优点，试图劝说父母，只是时间长了，她也渐渐起了怀疑。

那时，海子将整颗心都扑在了诗歌创作之上，顾不上与B倾心交谈，难免忽略了她的感受。有人说，爱情是需要经营的。因为海子的不懂经营，B痛苦了，她是深爱这个男子的，只是她开始不确定，浪漫的诗人是否也爱她一如往昔？

在纠结与挣扎之间，B的笑容越来越少，说话时也时常恍惚走神。后来，在海子的追问下，她吞吞吐吐地将父母的意见告诉了他。刹那间，这个残酷的消息将单纯的诗人撕裂，原来爱情不只是芬芳的美酒，还是带刺的玫瑰。B父母的反对，深深刺伤了诗人敏感的心。

大地裂开一道疤痕，他坠入无边的黑夜之间，一言不发。良久，他诺诺地问："我们该怎么办？"只是不知问的是自己，还是四目相对的爱人。在无尽的沉默间，他又问道："你的想法是什么？"依旧没有答案，两个相爱的年轻人，在痛苦的无言间，第一次感受到了距离的遥远。

天亮我梦见你的生日
好像羊羔滚向东方
——那太阳升起的地方

黄昏我梦见我的死亡
好像羊羔滚向四方
——那太阳落下的地方

秋天来到，一切难忘

好像两只羊羔在途中相遇

在运送太阳的途中相遇

碰碰鼻子和嘴唇

——那友爱的地方

那秋风吹凉的地方

那片我曾经吻过的地方

——《给B的生日》

有些无以言说的话，隐在满脸泪水间。B低声啜泣，海子无奈叹息，他慢慢收起情绪，转身去厨房准备晚餐。夜幕降临，两人对着一桌纹丝未动的饭菜相顾无言，B要走了，海子如往常般牵起她的手，坐上公交车送她回宿舍，然后再默然转身，踩着自己的影子惆怅离去。

几天后，他终于等来答案。当B颤抖着嘴唇，告诉他自己愿意冲破阻碍，继续与他在一起时，落魄的海子终于收起了颓然，涌出激动的眼泪。他紧紧将B拥进怀里，用自己胸膛的体温，回馈爱人温暖的力量。

只是，走过爱情阴霾的一双恋人，是否注定会有圆满的结局？命运的车轮缓缓向前，不由分说。他坐在诗歌的甲板上，驶向未知的国度。

第二节 变幻·天鹅飞越桥梁的声音

光阴荏苒，时光飞逝，爱情的寒冬已经逝去，海子重拾心绪，继续行走在诗歌的路途之上。只是，一波未平一波又起，刚挽留了爱情，诗歌便随着寒夜降临。

那时，史诗《太阳》已经完成大半，他的语言已然煮到了沸点，一个个文字高潮，一次次情绪释放，他只觉自己的内心空虚而无助。追求完美的诗人，总是在一次次回望时，责怪自己写得还不够好，他觉得自己的灵感如干涸的沙漠，再挤不出丝毫的水滴。

他觉得自己枯萎了，灵感枯竭，思维停滞。有时候，他会觉得焦虑懊丧，情绪失控，有时候，他会突然发脾气，将凌乱的手稿揉成一团，丢进垃圾桶。此时，北京已是寒冬，在冰冷的空气间，一切都已失控，变得混乱，萎靡，冰冷。

年关将至，他决定停笔，回家修整一段日子，而遥远的查家湾，也在等待着诗人还乡。有一种依恋叫故乡，作为在外面打拼的游子，当遇到挫折和瓶颈时，思乡的情绪便会变得强烈，那里是疗伤休憩的地方，几十年如一日地包容着每一个迟归的牧人。

他打点行囊，整理思绪，踏上归乡的旅程。外面的世界很精彩，外面的世界很无奈，而查家湾，如同静止在时光的洪流里，反反复复地吟唱着旧时的曲调,吟唱着人间的情感真挚,吟唱着未来的岁月依依。

当双脚踏上熟悉的黄土地，铺面而来的是熟悉的麦香，他终于恢复了些许活力。远处，绿意盈目，宁静无边；近处，白墙黑瓦，炊烟袅袅，远离了都市的繁华与喧嚣，他细细打量着故乡的风景，不禁在安逸的平静中嗅到几分珍贵的难得。

走进家门，父母兄弟们笑语相迎。一切都如从前那般，他吃着母亲精心准备的一桌美食，拿出从北京带回来的礼物，分给家里人。唯一不同的是，他的大弟查曙明已经高三，再过半年就要走上高考的分岔路，因此，他专门为他准备了一件贵重的礼物——皮夹克。

那时，皮夹克对于查家湾来说是个新鲜的东西，查曙明小心地穿在身上，心里是满满的感动。他知道，远在北京的哥哥，生活并不富裕，这皮夹克定是他从伙食费里一点点省出来的。他知道哥哥对自己的关心和鼓励，他也想要如哥哥那般，走出大山，成为查家湾的骄傲。

有时候，海子也会辅导大弟的功课。虽然他是文科生，而大弟学

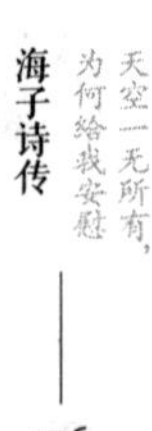

的理科，但那些数学题目，他依旧能够迎刃而解。作为北大的高才生，虽然已经远离数字多年，但他依旧能够迅速回忆起老师曾经总结过的答题技巧，并条理清晰地教授出来。

在给大弟辅导功课的时候，他也会在不知不觉间流露出诗人的印记。有一次，他在讲解作文的时候，教给了大弟一个独特的概念——无穷大。他说，语言的组合有无限可能，作文的真谛在于想象，只要内心有“无穷大”的力量，作文便会有自然而然的深度与美感。

他的一席话，大弟听得似懂非懂。虽然他没有完全了解海子话中的含义，但看着哥哥认真严肃的表情，查曙明觉得哥哥的话似乎比老师们说的有见解，他相信，只要自己好好运用，一定能取得漂亮的分数。

查曙明似懂非懂地听着这番话，高中里的老师是说不出这样的见解的。他对哥哥十分崇拜，如果能够在高考中运用进去，一定会打一场漂亮仗。

因为他，弟弟们的日子也添了乐趣。每晚睡觉前，爱玩的他总会给弟弟们演出一场“戏剧”。一个人，三个观众，他总是分饰几角，用床单、枕头、衣服等做着造型，念着不同的台词，在地上踱来踱去……

一个演得不亦乐乎，几个看得津津有味。虽然弟弟们并不能完全看懂海子的表演，但却依然被他滑稽的造型逗得哈哈大笑。有时候，弟弟们也会央求海子让他们演些角色，海子便煞有介事地当起了导演，安排着弟弟们的角色、造型和台词。兄弟几个过足了戏瘾，演得有模有样，只是他们并不知道，他们演出的，正是哥哥的诗剧——《太阳》。

青春迎面走来
成为我和大地
开天辟地
世界必然破碎

青春迎面走来
世界必然破碎
天堂欢聚一堂又骤然分开
齐声欢呼 青春 青春
青春迎面走来
成为我和世界

天地突然获得青春
这秘密传遍世界，获得世界
也将这世界猛地劈开
天堂的烈火，长出了人形
这是青春，依然坐在大火中

一轮巨斧劈开
世界碎成千万

手中突然获得

曙光是谁的天才

先是幻象万千

后是真理唯一

青春就是真理

青春就是刀锋

石头围住天空

青春降临大地

如此单纯

……

——《太阳》

诗剧依旧是他放不下的天地。过足“戏瘾”和“导演瘾”，他便会催促弟弟们去睡觉，而他便回归诗人的世界，在夜深人静中掏出笔纸写写画画。月光如水，荡漾着海子的思想，那些纷至沓来的灵感，让美妙的诗句，点缀在古朴宁静的村庄之上。

在家的这两个月，他的身心得到了极大的放松，也重拾了诗歌的灵感。只是，大弟查曙明发现，海子与 B 的联系越来越少，就连话语里提到她，也少了往日的兴奋，多了今昔的惆怅。

他们依旧相爱着，只是上次的危机在两人心头留下了挥之不去的阴影，他们的感情出现了难以弥合的裂痕。有时候，海子会忐忑不安，害怕B会离开；B也会失望，因为海子的不信任，两个彼此深爱的人，在不安中相互试探，在试探中受伤沉默，他们的爱情，终会磨得所剩无几吧。

海子返回学校后，两人吵架的次数增多了。当心里的沟壑越来越大，当彼此的距离越来越远，他们学会了相互刺痛，只是两个善良的人并没有大喊大叫，而是无言沉默，一如从未相识的陌生人。

此时此刻，他们面无表情，各怀心事，犹如两具凝固的雕像，无语叹息。

冷战过后，海子又忍不住妥协，拉着女友去餐厅吃饭。在爱情里，永远是爱得多的那个人先放下姿态，曾经，B总是无微不至地给他照料与安慰，如今，角色对换，在长久的相处中，爱情已经有了新的模样。

B也依旧惦念着他，她知道海子的工资不是寄给家里，就是买了大堆的书，因此，每次去餐馆的时候，她都会点最便宜的饭菜，或者干脆说自己不饿。只是敏感如海子，他虽然感激B的体谅与贴心，但是女友这般的让步，总让他有种无以言说的窘迫与难堪。

朋友们说，感情难免会经历摩擦，只要彼此陪伴走过，适应生活，爱情一定会恢复本来的模样。只是，他隐隐觉得，终有一日，他会失去爱情，失去一切。或许，他已经厌倦，看不见希望的拖拖拉拉。

在无尽的夜里，他听见远处天鹅飞越桥梁的声音，清脆，青春，她们飞越生日的泥土，飞越黄昏的泥土，自由地飞翔在美丽的吹动着的风里。天鹅，美好，他身体的河水叫嚣着，想要呼应成群的洁白，但他却发现自己越发沉重，像房屋上挂着的门扇一样沉重，沉重到动弹不得，无法用优美的飞行呼应天鹅，飞过远方的桥梁。

在《天鹅》一诗中，但他如是写道：“当她们像大雪飞过墓地 / 大雪中却没有路通向我的房门 /——身体没有门——只有手指 / 竖在墓地。如同十根冻伤的蜡烛 / 在我的泥土上 / 在生日的泥土上 / 有一只天鹅受伤 / 正如民歌手所唱。”

他已受伤，但他仍在飞行。这就是诗人海子，他将自己情绪的波动隐藏在文字之间，或许他就是这只受伤的天鹅，在生日的泥土上，用字符述说那淡淡的哀愁，与淡淡的隐忧。

第三节 流浪·远方的风比远方更远

岁月荏苒，青春忧伤，当爱情褪去温暖的外衣，层层乌云压顶，他的心渐渐失去金色的阳光。野花，孤寂，爱情，失去……在晦涩的阴霾下，他只想逃离，远方的风比远方更远，他只想去最接近太阳的地方，感受炙热与忠诚。

他去了西藏。

他说："我喜欢西藏，不仅仅因为像极了太阳城的布达拉宫，也不只因为蓝色透亮的天空，还有他稀薄的空气，而是因为这是西天最后的一片净土。哦，我的西天，我的信仰，让我虔诚地跪在你的面前，然后，同你一起，归附神灵的臂弯……"

西藏，世界的屋脊，那里空气稀薄，日光清澈，伸手便可以触碰到蔚蓝的天际。背上行囊，装上期待，海子跳上了开往拉萨的火车，去到那离天堂最近的地方，融化自己冰凉的心扉。

面向洒落的阳光，他向倒退的北京挥挥手，说了再见。那一刻，他觉得自己升华了，拥有前所未有的欢乐与轻松。他说："太阳在远处看着我，像是一位慈爱的母亲，也像温柔的姐姐，秃鹫和苍鹰，单调的色彩和华贵的躯体，最终带我，去云彩，去月亮，去那更加接近太阳的地方……"

他是浪子，流浪在只属于他的浪子旅程。那时的中国，青藏铁路还没有开通，他的旅程，崎岖而蜿蜒，先要去四川，再经过甘肃、青海，才能到他心中的太阳之城。只是，对于狂热的诗人来说，要的不只是终点，还是旅途中的每一份奇遇。

漫长旅行过后，他穿越了大江南北，来到了四川。列车停靠，他看着上上下下的旅客，突然想念起自己在四川的笔友朋友们。此时此刻，如果他们能够突然出现，亲切地告诉他要同往西藏，该是多么幸福的事情！海子如是想着，然后他笑了，为自己幼稚而不切实际的小想法。

"亲爱的，朋友，或许你不知道，我刚刚经过你的家族，没有见到遮天的小雨，酥起的小路，狂叫的狗，当然，也没有见到你。远远的山黛如墨玉，过了这边，就是我的地方。你或许在沉睡或许在饮酒，我希望是后者，这样，我们两个人之间就起码有一个是快乐的。我还要寻找我的快乐，再见，会再见。"

他按捺下跳动的情绪，提笔写下这样一封信，并在信封上写下自已在拉萨的地址。有人说，这是他写给四川笔友的，也有人说，这是写给他自己的，到底如何，没有人知晓。只是，在他寻找快乐的旅程上，我希望是前者。

火车继续前行，窗外消失了绿意，涂上一望无际的黄色。飞沙走石，荒漠落日，他来到了甘肃，来到了敦煌。列车缓缓停靠，他抬眼便看到车窗外高高悬挂着的《飞天》宣传壁画。一个飘逸的形象，一场悲怆、沧桑的情绪体验，海子被鬼斧神工的艺术感动，那跳动的线条，或柔婉，或妩媚，或刚劲，或潇洒，一如诗歌的语言，写满张力，给他视觉的冲击。

敦煌石窟像马肚子下
挂着一只只木桶
乳汁的声音要滴破耳朵——
像远方草原上撕破的耳朵上
悬挂着花朵

敦煌是千年以前
起了大火的森林
在陌生的山谷
在最后的桑林——我交换
食盐和粮食的地方
我筑下岩洞，在死亡之前，画上你

最后一个美男子的形象

为了一只母松鼠

为了一只母蜜蜂

为了让她们在春天再次怀孕

——《敦煌》

翩若惊鸿，宛若游龙，他为敦煌的绚烂艺术惊叹，也为敦煌的寂寞荒凉惋惜，如此伟大的感动，不应该被喧嚣掩盖，也不应该被世界遗忘，敦煌是为艺术而生的，应该保留最本真的模样。

告别壮美的敦煌，海子一路西行，来到青海，搭上了开往西藏的车。行在广袤大地上，他的心境宽广如草原，慷慨的旅程成了写满诗意的行板，畅快酣然。海拔越来越高，离天堂越来越近，许多乘客开始出现高原反应，而海子却没有丝毫不适，仿佛他已千百次来过这里。

或许，正如他所坚信的，冥冥之中，西藏与海子签订了契约。这里的刀耕火种，这里的冰河山川，这里的寺庙经幡，让他有着莫名的熟悉感，如果有前生，他可能就是拉萨的佛教喇嘛，在香火氤氲的僧庙里笑看浮生。他站在洁白的阳光下，看着一路向着布达拉宫叩拜的虔诚信徒们，心如纳木错的湖水一样清澈。

带着虔诚的心，他静静漫步在拉萨的街道，去一处寺庙寻觅活佛丹增罗布。对于藏传佛教，他很感兴趣，曾经研读过很多宗教哲学的书，只是晦涩难懂的密宗文化，常常让他一知半解。这一次，他来到西藏，肯定不能错过找藏地活佛点化的机会。

他见到了活佛。丹增罗布只有三四十岁的年纪，容貌俊美，神态祥和。海子小心翼翼地走上前去，虔诚地行礼，谨慎地开口询问他活佛密宗的关键思想。丹增罗布闭着双眼，没有回答，许久，他说自己也不知道，但闭上眼睛就能看到。

海子听后，深呼一口气，轻轻闭上眼睛，想要感受活佛的思想。只是除了黑暗中的寂静，他什么都看不清。在他闭目凝思中，丹增罗布接着告诉他，参佛并不是一件简单的事情，修炼者需要精通藏语，熟读佛经，还需要坚持不懈的努力，才能开窍领悟。

生死轮回，日月天地，藏传佛教博大精深，包含了天文、地理、自然、历史等众多学科。《量释论》《入中论》《戒论本论》……每一本经书讲义都需要岁月的参透，有多少僧侣念了一辈子的佛经，敲了一辈子的木鱼，依旧悟不出佛法大义，更何况海子这个短暂路过的行者。

丹增问他想不想修行，他思索良久，无奈地摇了摇头。丹增只是笑了笑，拍拍他的头顶，转身离开，仿佛早就料到了答案。行走人世间，他只是一介俗人，就让佛祖永远活在心底吧，那些参透的、参不透的，一切都随缘就好。

走出寺庙，他对着触手可及的湛蓝天空，比出飞翔的姿势。西藏，佛教，简单纯粹，却又蕴涵复杂奥妙。无论如何，这一次，他近距离接触了佛教，体味了很多，也得到了很多，在一片寂静里，那五颜六色的经幡，如同飞舞着的精灵，在眼底招摇。

夜晚，他靠在床头阅读西藏第一宏伟巨作《格萨尔王》。这本在西藏可谓家喻户晓的书，是一首长诗，一首讲述英雄格萨尔传奇故事的史诗。全诗长达一百五十万行，结构恢弘大气，情节跌宕起伏，语言精练质朴，意向神秘诡谲，对海子以后长诗的创作产生了极大的影响。

离开西藏的前夜，他梦见自己来到一个没有人烟的地方，百无聊赖的自己坐在门槛上，抽着烟，想着自己的故事，朝着太阳伸着懒腰。醒来后，他长久凝望夜空，只觉一股神秘的力量摄住了灵魂，他要为西藏献诗：

西藏村庄
神秘的村庄
忧伤的村庄
你躺倒在路上
你不姓李也不姓王
你嫁给的男人
脾气怎么样
神秘的村庄
忧伤的村庄
你生了几个儿子
有哪些闺女已嫁到远方
神秘的村庄

忧伤的村庄

当经幡吹响
你多像无人居住的村庄
当经幡五颜六色如我受伤的头发迎风飘扬
你多像无人居住的村庄

当藏族老乡亲在屋顶下酣睡
你多像无人居住的村庄
像周围的土墙画满慈祥的佛像
你多像无人居住的村庄

——《云朵》

他醉了，醉在西藏大块的云团、飘扬的经幡，和神秘忧伤的村庄间。他说，你多像无人居住的村庄，而他，多想在这样的村庄，望着画满慈祥佛像的土墙，自由酣睡。

有人说，人的一生总要有那么几次长途旅行，心怀世界，脚踏万里。或许吧，因为旅行不只是长途的跋涉，还是心灵的洗礼，一如海子的西藏之行。

第四节 难关·在黎明的风中飘忽不定

旅行，是奔波在路上的心灵，他去了西藏，触摸了那里的神秘色彩，如今，列车原路返回，他捧着那本《格萨尔王》久久回味，恍惚间，他觉得自己仍在西藏，抬眼便能看到飞舞着的五彩经幡。

只是，冰川消逝，绿意蔓延，西域风情随着轰隆的车轮声甩在记忆间，当他睁开惺忪的睡眼，外面已是北京城熙熙攘攘的车水马龙。有人说，旅行是场奇妙的梦境，体味着天涯两端不同的人生。因为旅行，因为拉萨的空旷辽远，回到城市的海子抛开了纷扰，心情明显好了起来，又开始操练起气功来。

对于气功的功效，起初他还存了怀疑，但此次西藏之行后，他相信自己没有高原反应的原因是气功，因此他对气功更加迷恋，准备好好修炼一番。这一次，他按照常先生的说法，以及自己查阅的书籍，一遍遍地盘腿打坐，修炼冥想境界。久而久之，当他的肚子一如书中描述，发出咕噜噜的沸水声，他欣喜不已，觉得自己领悟到了什么。

好东西总要与人分享，在哲学课堂上，他将气功概念与中国古代哲学结合，引入了教学中，并用自己的心得现身说法。他是有思想的诗人，有时朗读几首诗歌，有时讲讲西藏见闻，有时聊聊气功，他的课堂少了乏味，多了内容，同学们总是听得津津有味。

只是，他的特立独行并不是所有人都理解。当他单纯地说起气功经验时，别人的指指点点开始从背后袭来，各种不好的流言传得遍地都是，在有些人眼里，他成了奇怪的人。

很不幸的是，有些人当中，便包含了 B 的父母。

当纷飞的流言传入 B 父母的耳朵，他们震惊了，认为海子不只是一个穷酸诗人，还是一个彻头彻尾的神经病，他们无法忍受自己如花似玉的女儿与这样的男人在一起。很快，他们去学校找了校长，并对 B 下了最后通牒：要么分手，要么退学。

当爱情的温度慢慢冷却，感情的裂痕越来越大，B 失了那份为了海子不顾一切的勇气。这一次，她无法抗拒父母咄咄逼人的气势，她彻底妥协了。她想，或许现在结束，还能守住一份温存的回忆。

快乐的开始不该悲伤地结束，行在岁月间，当爱情失了欢乐，只余沉重，或许离开才是解脱。B 是不舍的，但残酷的现实告诉她，分开才是最好的选择，只是当她将分手的话说出口，当她看着自己迷恋的诗人崩溃的样子，心还是痛得不能自已。或许，以后的她会结婚生子，沿着父母设想的幸福平淡的生活，只是，她再不会怦然心动，再不会爱得如此撕心裂肺。

西藏之行，他想了很多，也超然了很多，这一次回来，他想要更好地面对生活，面对爱情。只是现实总爱和诗人开玩笑，当他笑容满面地走到女友身边，却换来了分手的晴天霹雳，他没想到，分手竟是如此轻易，一切努力竟这样画下句点。他没有挽留，也没有纠缠，只最后一次拥抱她，然后转身离开。

有人说，表面越平静，内心越是风起云涌。他恍惚离去，甚至微微笑着祝她幸福，但那根绷紧的神经，一松弛便会走到崩溃的边缘。他无奈地发现，原来痛苦才是爱情熟稔的注脚。

人生变幻，爱情远去，他的面容在黎明的风里飘忽不定……

我所热爱的少女
河流的少女
头发变成了树叶
两臂变成了树干
你既然不能做我的妻子
你一定要成为我的王冠
我将和人间的伟大诗人一同戴
用你美丽的叶子缠绕我的竖琴和箭袋

秋天的屋顶、时间的重量

秋天又苦又香

使石头开花 像一顶王冠

秋天的屋顶又苦又香

空中弥漫着一顶王冠

被劈开的月桂和扁桃和苦香

……

——《王冠》

这是海子献给 B 的最后一首诗。他说，你既然不能做我的妻子，你一定要成为我的王冠。情到深处，分手是最苦涩的结局。他的痛苦，被无限放大到敏感的神经，1986 年 11 月 8 日，失了爱情的海子差点自杀。那天，他在日记本上写下这样的话语：

“我一直就预感到今天是一个很大的难关。一生中最艰难、最凶险的关头。我差一点被毁了……两年来的情感和烦闷的枷锁，在这两个星期（尤其是这一个星期）以充分显露的死神的面貌出现。我差一点自杀了……”

一生之中，他仅存的只有三篇日记，而这些话语，便是让人崩溃的之一。

据他的同事孙理波回忆，那几日，海子的情绪很是消沉。一次，两人在寒冷的冬夜里坐在开往昌平的公交车上，从窗户缝隙钻进来的寒风让两人瑟瑟发抖。那晚，他们还正巧赶上停电，整座城漆黑一片，在黑暗的颠簸间，他听到海子的嘟囔声：“真是个鬼城。”

回到昌平住处，孙理波提议喝点酒暖暖身子，于是，两人一起买了几瓶二锅头，外加一些羊蹄，边喝边聊到了深夜沉沉睡去。后来，他告诉孙理波，那晚他真的萌生过自杀的念头，是那几瓶二锅头，救了他的命。

自此以后，他用平静掩盖了千疮百孔的心脏。只是爱情的伤疤很难愈合，当回忆的神经稍稍向 B 倾斜，带来的便是铺天盖地的血泪与伤痛。在失恋的阴影下，他独自回味孤独，将情绪化作诗句，寻觅发泄的出口：

我请求熄灭
生铁的光、爱人的光和阳光
我请求下雨
我请求
在夜里死去

我请求在早上
你碰见
埋我的人

岁月的尘埃无边

秋天

我请求：

下一场雨

清洗我的骨头

我的眼睛合上

我请求：

雨

雨是一生错过

雨是悲欢离合

——《我请求，雨》

一生错过，一世情殇，是怎样的绝望才让他发出这样的呐喊？在诗中，他不断请求着雨，请求熄灭爱人的光，或许，他还在不断请求着死亡。从这时起，死亡成了海子心头挥不去的思绪，以后，他的诗歌之中，经常出现与死亡相关的字眼。

与B分手的第二天，海子拿着刚刚油印的诗集《麦地之瓮》去找了苇岸。苇岸如是评价海子说：“语言存在他手里，像斧头在樵夫手里。海子的诗不指向任何具体事物，而指向实体。幻想和实体是它的两翼……”

只是那天，他们只谈论了诗歌，对于爱情，对于生活，两人只字

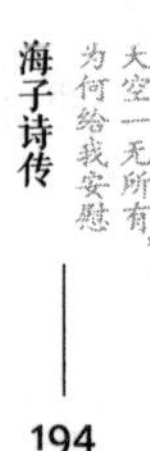

未提，或许是刻意回避，或许是无意提及，或许一切都没那么重要。

他一个人吃饭，一个人写作，一个人走走停停，日子依旧在过，只是少了一个她而已。回到昌平的住处，他总是拧开台灯，在炽烈的灯光下编织着诗句。有时候，他也会在写诗的间隙转动手指，在投射在墙壁上忽明忽暗的车轮倒影里，长久沉默。

在失恋的日子里，他经常梦到活佛丹增罗布。在梦里，一脸沉寂的丹增飘然而来，询问他对佛教的参悟，然后又在海子的摇头中飘然而去，他是海子心底的璀璨星辰，从未消失，也从未走远。随后，他花掉自己所有的积蓄，买了一本装潢精美的画册——《西藏唐卡》。

有人说，这样大手笔的举动，海子一定是疯了。或许吧，这个执着的诗人从来都不缺少疯狂的因子，但又或许，他只是想要一个解脱的借口而已。

翻看唐卡时，他总有一种莫名的熟悉感，藏族画家惯用的蓝色、黄色和金色，让他想到寺庙，想到佛教故事的色彩，也想到梵高。他惊奇地发现，唐卡的彩绘与梵高的油画是如此相像，一瞬间，他觉得自己遇到了阔别多年的恋人，整个世界都荡起美好的欢笑。

在这样斑斓的唐卡色彩里，他终于摆脱回忆的束缚，走出失恋的阴影，耕耘在《太阳》的长诗间。很快，“断头篇”写完了，“土地篇”也开始紧锣密鼓的创作。月桂劈开，苦香弥漫，既然做自己王冠的女子已经离去，那他便将所有的心事都埋在诗歌之中，因为，诗歌是他的王后，他的生命。

第七章 梦想

多像无人居住的村庄

第一节

世俗·插在屁股上的麦芒

又是一年元旦，海子完成了手头上的工作，准备回家过年。只是这一次，他并没有坐那班直接通往安庆的火车，而是先去了四川成都，又去了达县、万县，才回到查家湾。

西藏之行让他明白旅行的意义，他爱上了在路上漂泊的感觉，因此，他添了如此这般的行程。另外，他绕道达县还有一个浪漫的原因——那里有一众志同道合的诗友等待，其中还有一位情投意合的女诗人 AP。

达县，一座奇特的小城，一群名不见经传的年轻诗人在这里相聚，他们合着皎洁的月光，将火热的梦想同烈酒一起咽下。有时候，海子会与 AP 一起撑着雨伞，沉默地走过荒凉的河岸，走过吆喝着的民间艺人，走过黄昏的河流街道……

AP是有诗性的女子，或许比海子年长些，或许还有丈夫孩子，但她却在海子最需要抚慰的时候，给了他爱与希望，虽然爱意微薄，不足以复苏爱情，却足以让他感受到生之温暖。在诗歌中，海子将诗性的她浓缩成一个没有注脚的符号，仍记忆翻腾。

打一支火把走到船外去看山头被雨淋湿的麦地
又弱又小的麦子！

然后在神像前把火把熄灭
我们沉默地靠在一起
你是一个仙女 住在庄园的深处
月亮 你寒冷的火焰穿戴的像一朵鲜花
在南方的天空上游泳
在夜里游泳 越过我的头顶

高地的小村庄又小又贫穷
像一颗麦子
像一把伞
伞中裸体少女沉默不语
贫穷孤独的少女 像女王一样 住在一把伞中
阳光和雨水只能给你尘土和泥泞

你在伞中 躲开一切

拒绝泪水和回忆和回忆

——《雨》

如果说，B 是一杯烈酒，那 AP 便是艳丽的红酒，虽然度数低，却依旧让人迷恋。他说，你是一个仙女，住在庄园深处，他说，你是一个女王，住在一把伞中。雨淅淅沥沥地下，他和 AP 在油纸伞下沉默相依的画面，成了他拒绝眼泪的美好回忆。

只是，他们的爱情只有那么几日，如果这算爱情的话。他比谁都清楚，他与 AP 之间，如同做了一场春梦，梦醒时分，一切都已成空。只是为何，那一夜，当他在孤单的笔记本上写下这首诗时，依旧会心事重重？

在交织的情绪间，他回了一如既往的故乡，迎来了一如既往的新年。那时，他还不知道，这一年，弥漫着怎样的喧嚣，也不知道，中国当代诗坛将会掀起怎样的波涛。

这一年，他如同所有的悲剧英雄那般，将自己的生活紧紧包裹成苦行僧的形状，不在乎吃穿用度，不在乎私人感情，只一心扑在笔尖流淌的诗歌中。他最爱的希腊英雄是伊卡洛斯，他永远记得这个追逐太阳的飞鸟，在被太阳毁灭的时候，坠落的弧度多么唯美。而如今，他的心绪一如希腊神话中的这只飞鸟，追逐着诗歌，哪怕毁灭也是欢愉的。

这一年，《安徽诗歌报》和《深圳青年报》联合举办了“中国诗坛1986 年现代诗群体大展”，这让整个中国诗坛狂热起来，掀起了一个又一个的创作高潮。有人说，这是中国诗坛的一次解放运动，也有人说，是中国现代化精神的集中体现。无论如何，这场流动着的文字盛宴吸引了大批蛰伏的诗人，他们都想着在这次大展中，一鸣惊人，一飞冲天。

其实这个让诗坛沸腾的展览，又何尝没有骚动海子的心？虽然海子对世俗的锋芒深恶痛绝，但他依旧希望着自己的诗歌能够被社会正视，自己的理想能被世人熟知。有时候，他觉得自己如同一只被牢牢困住的野兽，与牢笼做着声嘶力竭的斗争，但那牢笼太过坚固，他挣不开，也逃不脱。

得知诗展的消息时，海子停下了精心雕琢新诗的笔，在纸上画了一个椭圆，又一点点将它填满。随着笔尖的滑动，他的心也在来回思索。一笔一画，当他用反复的线条填满椭圆的时候，心里也有了答案。他抬起头，在阳光的晕眩中对自己说，我不想去了。

海子为什么没有参加这次堪称诗坛盛会的展览呢？对于原因，可谓众说纷纭。有人说，因为他的诗歌还不够有名，他不好意思参加；也有人说，因为他对中国诗坛已然失望，不屑于参加；还有人说，当他的椭圆被抹黑时，他发现自己钢笔上的光晕消失了，信仰也消失了……

历史没有深究诗人的心路流转，但却记住了结果——80年代最大的诗歌展览上，诗人海子没有出现。

海子会失望吗？因为错过了一个被世人认同的机会。世人会遗憾吗？因为错过了一个伟大的诗人。又或许，是金子总会发光的，他不疾不徐地走在岁月的洪流间，甘愿做一颗无言的星辰，静观旁人的浮华与喧嚣。

只是越来越随遇而安的他，是不是也会在静默中突然烦躁？

在北大时，他就创办了自己的诗刊，毕业至今，他结交了许多诗友，也陆陆续续油印了《河流》《传说》《但是水，水》等一大批诗集，不间断地给各大杂志社邮寄。只是为何他这匹千里马，一直都没有遇到慧眼识珠的伯乐？这么多年过去了，他的名气依旧有限，有些编辑甚至以为他只是名不见经传的无名小辈，对他寄来的稿子连看都不看，便随意丢弃一边。

曾经他也天真过，以为自己的诗篇还不够完美，于是便一次次地修改，一次次地投稿，一次次地等待，直等到平庸的诗作开始在他身边的杂志上泛滥，直等到自己的诗歌被署上了别人的名字。

这一次，诗人愤怒了！诗歌是他的王后，他的孩子，他如何能够忍受自己怀胎十月孕育的生命被人窃取？愤怒之中，他将钢笔甩出门外，拳头狠狠砸向墙壁。他好恨，恨这个物欲横流的社会，恨那些投机取巧的可恶嘴脸，他抓着自己的头发，在操场上狂奔了一圈又一圈，直到心脏跳动如鼓，他依旧不知道自己错在了哪里……

无情的天空，无情的梦。这一刻，他的愤怒是这般无力，他觉得自己是社会的悲惨囚徒，想要逃亡泅渡，却找不到属于自己的那方小舟。

死亡，这一次，他又想到了死亡，如果生存只剩下痛苦，如果活着已生无所恋，那还不如在平静中毁灭……深夜时分，他拖着疲倦的身躯回到住处，打眼便瞥见门缝里塞着的信封。坐在书桌前，他将信打开，原来北大中文系要举办“中国当代新诗潮诗歌十一人研究会”，特地写信邀请他参加。

“本研究会旨在精通中国当代诗歌的本质主流，把握其最有发展

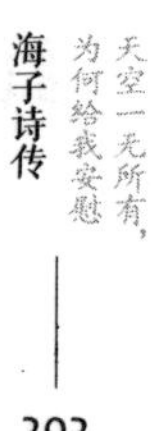

前途的流向。限定其内涵丰富的艺术特征，强调并赞赏对诗歌的语言而非诗歌的探索，因为这种探索的最终意味着已经复活的中国当代诗歌具有一种真正的生命……”

母校情结一直流动在他的血液之中，看着信中的介绍，他动心了。命运终究不敢待诗人太过凉薄，在他绝望无助时，还是有些柳暗花明的希望，让他从死亡的迷恋中摆脱。

第二日，骆一禾的信也到了。在信中，他首先对海子没有参加诗歌大展表示惋惜，并说自己也接到了母校的邀请，叮嘱他一定要参与，他们几个许久未见的好友也可以借机好好相聚一下。骆一禾一直把海子当成弟弟，他懂得海子的惆怅，也知海子的思绪，在信中，他如哥哥一般，写下这样真挚的话语：

“海子，我的弟弟，可能你想自己探寻智慧的王国，可能你现在一无所获。可能你对这个世界的信任与日俱减，但我要说的是，这个世界既然存在，就必然有存在的道理，你是学哲学的应该知道这一点，在这个道理之中，我们首先要成为自己的目的，你是你自己的目的，所以无须被俗事打扰，而且，我一直相信你……”

人生在世，得遇如此知己，海子的心装满深沉感动。就算是为了骆一禾的诚恳相邀，他也要参与北大的研究会。不久后，《启明星》第十三期刊面上登出了研究会的成员，他们分别是：海子、李书磊、骆一禾、于慈江、老木、西川、张旭东、海翁、落兵、张伟、郁文。

另外，这期杂志上还刊登了海子的作品《歌：阳光打在地上》：

阳光打在地上

并不见得

我的胸口在疼

疼又怎样

阳光打在地上

这地上

有人埋过羊骨

有人运过箱子、陶瓶和宝石

有人见过牧猪人。那是长久的漂流之后

阳光打在地上。阳光依然打在地上

这地上

少女们多得好像

我真有这么多女儿

真的生下过这么多女儿

真的曾经这样幸福

用一根水勺子

用小豆、菠菜、油菜

把它们养大

阳光打在地上

——《歌：阳光打在地上》

故地重游，老友聚首，海子一扫阴霾，所有的思绪都释然在母校的温暖间。这一次，他的努力终于换来了些许回报，他在这年荣获了第一个诗歌大奖——“北大一九八六年度五四文学大奖特别奖”，与他共同获奖的还有北岛、西川、芒克等人。而更让他欣喜的是，他的另外两首诗《城里》和《抱着白虎走过海洋》都发表在了黄亦兵专门为北大首届文学艺术节编辑的《风眼》专集之中。

那几日，诗人海子很是快活。其实，幸福于他便是如此简单，单纯的诗人只是想要自己的诗歌得到认同而已。幸福来临时，他想要与别人一起分享，他想到了B，虽然两人已经分手，只是他依然情不自禁地想到她，只是内心不再涌满波涛汹涌的情绪：

“我有自己的母校，这是我的荣光，我爱北大，这里我的梦想起航了，我千万次在梦里，叠着纸飞机扔向太阳，可它们都陨落了，这次不是梦，我能真切地摸到我的诗——印刷到纸上的诗，我想，你对我来说，已经成了一种颜色，一种不可或缺的颜色，我有的时候后悔遇见你——请原谅我这么说，更多的时候却很庆幸遇见你，没有人比我更了解你，没有人了。我窗户前的树开始凋落，从你走后。天都变色，黑夜成了我蜷缩的地方，这曾经是你我共同留恋的地方呵……”

他是如此平静，浅浅淡淡地轻声呢喃。或许，这一刻，他已彻底将她放下。

第二节

排解·雨是一生过错

冬天来了，在纷飞的白雪间，他回了查家湾。依旧是那个方向，依旧是那间房屋，只是这一次，他感觉家里的氛围不同以往。那时，大弟高考失利，整日愁眉不展，父母也垂头丧气，不知如何安慰，往年重逢的欢聚都被阴霾掩盖。

他很是理解大弟的心情。在诗歌的世界里，他屡屡受挫，知道所有的努力换不回梦想时候的无助与沮丧。他也懂得，活在自己北大高才生的光环下，大弟的压力有多巨大。为了缓解大弟的焦虑，海子总是与他聊聊人生，说说闲话，想要在无形中给予他力量与支持。

有时候，他会和大弟说起西藏之行。四川、甘肃、敦煌、青海、拉萨……他手舞足蹈地讲述着自己的所见所闻所感，仿佛又回到了那段陷在回忆里的时光。敦煌飞天壁画、西藏布达拉宫、活佛丹增罗布……大弟听得津津有味，思绪飞扬在塞北的高空，他是如此迫切地想要走出大山，去见证哥哥看过的风景。

梦回西藏，在海子与大弟的交流中，那段叫嚣的岁月不断盘旋脑海，他突然明白，自己对西藏的眷恋，已经如此根深蒂固。这座长在天边的城，慢慢变成一个锚点，翻出他的无尽情思。

缀满回忆的夜里，海子在铺满银币的月光下，将西藏记忆一点点勾画。大风吹过经幡，五颜六色的幡布飘扬着美丽的弧度，在绚烂的阳光下，他听见喇嘛悠长的念经声，他看到脸蛋红红的小卓玛，如脱缰的野马般奔来……

这是他的马匹，属于他的自由的马匹。在对西藏的深沉怀念中，他写下了这样的诗句：“那些是在过去死去的马匹 / 在明天死去的马匹 / 因为我的存在 / 它们在今天不死 / 它们在今天的湖泊里饮水食盐。”回忆不老，岁月永存，那段在西藏漫游的日子，一直叫嚣在心底，他知道，终有一日，他还会故地重游，画下深沉的符号。

春天来了，草长莺飞，鸟语花香，在盎然春意间，他回了昌平。那时，苇岸邀他做客，他一下火车便直奔苇岸家。因为诗歌，两个年轻人志气相投，又因为 B，他们的关系多了一分尴尬。这一次，两个人痛痛快快地喝了一番，酒酣耳热时，他们不免说到爱情，苇岸这才发现，原来海子伤得如此之深。他叹息着说，爱情就像沙漠中一朵花，看似美丽，其实不堪一击。

随着时间的流逝，伤口会慢慢淡化痊愈，却永远抚不平丑陋的痕迹。听着诗人如此伤感的话语，苇岸只能当作听不懂，简单劝慰几句，便话锋一转，夸他的比喻特立独行，天马行空，一定会得到其他姑娘的青睐，收获新的爱情。

听着苇岸的劝慰，他凄然一笑，自嘲地说，我算什么独特，在有些人眼里，我就是上不了台面的诗人。苇岸知道海子说的是B的父母，这样尴尬的话题他不便多谈，只拍拍海子的肩膀，以示宽慰。

后来，苇岸问他愿不愿意去昌平文化馆做个兼职，赚一些零用钱。海子答应了，他总是缺钱买书，很是需要这样一份工作，更何况，他想要让自己忙碌起来，以阻挡泛滥的情绪。

在苇岸的介绍下，他去了文化馆，做起了法律、哲学相关知识的培训工作。在这里，他接触了另外一个文化群体，也认识了一位独特的姑娘——S。

S是一位很有气质的女孩子，当海子在讲台上授课时，她总是轻轻撩起披肩长发，用清澈的眼睛凝视着他，而当海子去捕捉她的目光时，她又不着痕迹地低头做起笔记。她是宁静的女子，因为她，海子觉得周围的喧嚣都自动得到回避，她是纯真的女子，这样躲躲闪闪的默契让他困惑不已，他觉得，自己每一个音符，都只为她一人讲授。

就这样，S澄澈如水的眼神，猝不及防地闯入海子心头，印在他的瞳孔。躺在床上的寂静长夜，他抬头便看到天花板上的S浅笑涟涟，低头便是月光下的S皎洁如画。他失眠了，因为S，他的心脏怦怦直跳，那种久违的冲动回荡脑海，他用重燃的炽烈，为她献诗。

“谁在美丽的早晨 / 谁在这一首诗中 / 谁在美丽的火中飞行 / 并对我有无限的赠予 / 谁在炊烟散尽的村庄 / 谁在晴朗的高空 / 天上的白云 / 是谁的伴侣 / 谁身体黑如夜晚两翼雪白 / 在思念在鸣叫 / 谁在美丽的早晨 / 谁在这一首诗中？

爱情来时，心脏怦怦跳动，那浪漫的才思，如倾泻的流水淌满信纸。虽然海子并不是一个主动的人，但小鹿乱撞的爱情让他破例。这一次，他将写好的诗歌小心折好放进信封，又郑重地送到她的面前。她沉默地收下，安静一如从前，只是海子没有发现，她嘴角温柔上扬的幸福弧度。

一首诗，写满诗人的无限告白心意。他忐忑着，想要得到S的回应，哪怕是一丝丝关于爱情的信息。只是半个月过去了，S没有任何表示，甚至撞见他时还会低头疾步走开。对此，他失望，懊丧，后悔自己太过直接的告白毁了两人之间的默契，他是多么不想再次错过爱情。

一个照旧培训的午后，下课的钟声敲响，学生们相继散去，这时，S缓步走到他的面前，递给他一个大大的包裹，便红着脸颊仓皇离开。回到昌平住处，他迫不及待地打开了包裹，竟然是一件黑色毛衣！原来，这么多天里，S都在为自己准备这细密的惊喜礼物！

他用手轻轻抚过那柔软的毛线，细细打量那漂亮的暗纹，不禁生出暖暖的幸福感。犹记得，每年的冬天母亲都会寄来新织的毛衣，而如今，S也向他散发出母性的光辉，像个大姐姐那般，织出让他欣喜若狂的幸福幻想。

姐姐，今夜我在德令哈，夜色笼罩
姐姐，我今夜只有戈壁
草原尽头我两手空空
悲痛时握不住一颗泪滴

姐姐，今夜我在德令哈
这是雨水中一座荒凉的城
除了那些路过的和居住的
德令哈——今夜
这是唯一的，最后的，抒情
这是唯一的，最后的，草原
我把石头还给石头
让胜利的胜利
今夜青稞只属于他自己
一切都在生长
今夜我只有美丽的戈壁　空空
姐姐，今夜我不关心人类，我只想你

——《姐姐》

原来，他们依旧默契，在心照不宣间，便确定了细水长流的爱情。S每周都会去探望海子两次，一起吃吃饭，散散步，逛逛书店。有时，他们什么都不干，只安静相对，便觉得内心坦然。平平淡淡才是真，爱情不是寻死觅活的冲动激情，他们要的是细水长流的天长地久。

岁月静好，现世安稳。S给了他爱情，给了他幸福，也给了他创作长诗的激情。《太阳》系列诗篇，他已完成了七部，简称《太阳七部书》，他终于完成了这座恢宏的史诗庙宇。因为低落矛盾的内心，他的创作曾经一度停摆，如今，S重燃他的斗志，《太阳》如火如荼地画下一个又一个音符。

一部史诗，耗费经年光阴，他的好友骆一禾如是评价说：

“《太阳七部书》的想象空间十分浩大，可以概括为东至太平洋沿岸，西至两河流域，分别以敦煌和金字塔为两极中心，北至蒙古大草原，南至印度次大陆，其中是以神话线索‘鲲（南）鹏（北）之变’贯穿的，这个史诗图景的提炼程度相当有魅力，令人感到数字之美的简赅。

“海子在这个图景上建立了支撑想象力和素材范围的原型谱，或者说象征体系的主轮廓（但不等于‘象征主义’），这典型地反映在《太阳·土地篇》（以《土地》为名发表过）里。在铸造了这些圆柱后，他在结构上借鉴了《圣经》的经验。这些工作的进展到1987年完成的《土地》写作，都还比较顺利。”

太阳是他的寄托，也是他的交代。兜兜转转，爱情与诗歌，原来已成为他丢不掉的牵绊。

第三节 灵魂·一只美丽的鸟面对树枝而坐

以梦为马，浪迹天涯。从西藏回来后，海子便爱上了远方，爱上了漂泊。生命本就是一场旅程，他徘徊异乡，如同一叶不知泊岸的小舟，随风飘荡。有时候，他觉得自己不是诗人，而是虔诚的流浪者，随遇而安，不问过往，抬头便是瓦蓝的心房。

行在旅程，他一路前行，一路收获，却不知也在一路丧失，他丧失了为家人尽心的机会。

时光定格在那年暑假，孤独的浪子放下所有世俗的羁绊，随着命运的风，在西部荒原的路上飘飘荡荡。只是，每一个浪子都会想家，在倦鸟归巢的时刻，他都会久久凝望家的方向，任思念泛滥。查家湾是他一生的牵绊，他永远记得家的样子，只是，他却不知家中正在上演的故事。

那时，他的大弟查曙明再次名落孙山，以10分的差距无缘本科。并不是所有的努力都有回报，他可怜的弟弟在失败中只得妥协，不愿继续复读，查家人商量后决定退而求其次，报考专科院校。

在查家人的眼里，大学还是要念的，只要读书，人生便有希望。查父给海子拍了电报，让他帮大弟挑选一下学校和专业，以弥补错过本科的遗憾。查父将所有的希望都寄托在了大儿子的身上，只是他千算万算，也没有算到，这时的大儿子，并没在北京。

当他回到北京，看到这张过了期的电报单子，心中涌起复杂的懊丧情绪。查家人一直在默默等待他的回音，不敢妄自做主，却没想到，大弟查曙明却因此错过了上大学的最后机会。

曾经，他一次次告诉自己，要带全家走出查家湾的无边黄土，可如今，因为一遭错过，自己便断送了大弟的未来，他只觉一道闪电劈过，心痛得不能自已。他虽然知道家里人不会真正责怪于他，但他却挡不住心灵的折磨。

他痛苦着，灵魂焦灼，因为一个没有想到的结果，因为在乎、深爱与愧疚。或许，每一次领悟都夹杂着刻骨的疼痛，每一次灵魂升华都要经受烈火的考验。在追逐自由的旅途中，他一次次叩问心灵，摸索答案。

他在日记本里如是写道：

“我是如此地重视黑暗，以至于我要以《黑夜》为题写诗。这应该是一首真正伟大的诗，伟大的抒情的诗。在《黑夜》中我将回顾一个飞逝而去的过去之夜、夜行的货车和列车、旅程的劳累和不安的辗转迁徙、不安地奔驰于旷野同样迷乱的心，渴望一种夜晚的无家状态。我还要写到我结识的一个个少女和女人。她们在童年似姐妹和母亲，似遥远的滚动而退却远方的黑色的地平线。她们是白天的边界之外的异境，是异国的群山，是别的民族的山河，是天堂的美丽灯盏一般挂下的果实，那样的可望而不可即。这样她们就悸动如地平线和阴影，吸引着我那近乎自恋的童年时代。接下来就是爆炸和暴乱，那革命的少年时代——这疯狂的少年时代的盲目和黑暗里的黑夜于今也未在我的内心平息和结束。”

“少年时代他迷恋超越和词句，迷恋一切又打碎一切，但又总是那么透明，那么一往情深，犹如清晨带露的花朵和战士手中带露的枪支。那是没有诗而其实就是盲日之诗的岁月，执着于过眼烟云的一切。忧郁感伤仿佛上一个世纪的少年，为每一张匆匆闪过的脸孔而欣悦。每一年的每一天都会爱上一个新的女性，犹如露珠日日破裂日日更生。对于生命的本体和大地没有损害，只是增添了大地诗意的缤纷、朦胧和空幻。一切如此美好，每一天都有一个新的异常美丽的面孔等着我去爱上。每一个日子我都早早起床，我迷恋于清晨，投身于一个又一个日子，那日子并不是生活——那日子他只是梦，少年的梦。这段时间在我是较为漫长的，因为我的童年时代结束得太早太快了！”

那段日子，他轻声独语，陷在回忆里，陷在查家湾的童年时代，陷在一个个关于远方的梦。此时，此刻，他在北京，循规蹈矩地生活，一如所有的北漂人，可他的心，却高举着诗歌的理想火焰，走过冰川河流，走过城堡山寨，在每一寸壮丽山河间，烫上骄傲的注脚。

那是他的诗歌，他的领土，他的王国。

天上的音乐不会是手指所动
手指本是四肢安排的花豆
我的身子是一份甜蜜的田亩

我感到魅惑
我就想在这条魅惑之河上渡过我自己
我的身子上还有拔不出的春天的钉子

我感到魅惑
美丽女儿，一流到底
水儿仍旧从高向低

坐在三条白蛇编成的篮子里
我有三次渡过这条河
我感到流水滑过我的四肢
一只美丽鱼婆做成我缄默的嘴唇

我看见，风中飘过的女人
在水中产下卵来
一片霞光中露出来的长长的卵

我感到魅惑
满脸草绿的牛儿
倒在我那牧场的门厅

我感到魅惑
有一种蜂箱正沿河送来
蜂箱在睡梦中张开许多鼻孔

有一只美丽的鸟面对树枝而坐
我感到魅惑

我感到魅惑
小人儿，既然我们相爱
我们为什么还在河畔拔柳哭泣

——《我感到魅惑》

世界如此美好，一只美丽的鸟面对树枝而坐，蜂窝在睡梦中张开许多鼻孔，而让诗人感到魅惑的，不过是他的诗歌王国，还有那行在路上的自由灵魂。

他的诗歌，一开始并没有走入众人的视野，直到1987年，才算陆陆续续得到认可与喜爱，并不断地刊登在杂志上。那年的《巴山文艺》《山西文学》《十月》等杂志上都有他的诗歌。有心插柳柳不发，无心插柳柳成荫，如今他的诗歌，如同神奇的精灵，舞动在各种杂志上。或许，生活便是如此充满戏谑。

当好友挥舞着这些杂志来向他道贺之时，他只是敷衍地翻看两眼。曾经的他想要得到世人的认可与喜爱，而现在，诗歌早就成为他一个人的伟业，世人的喜欢或厌恶，他已不关心，也不在乎。

他已明了，每一场惊艳都不会永恒，烟花迸裂的繁华，是来不及捉摸的绚烂，而艺术生命，也因为短暂而惊艳。有人说，生命是一条悠长的河流，那么太多的人，会在慢慢时光的碾磨中，忘掉最初的方向吧，他如是想着。

他相信天才短命论。梵高、莫扎特、叶赛宁、雪莱……他一一细数着这些伟大的艺术家，他们的绚烂，无不是在短暂中造就。在《天才》一诗中，他如是写道："那些人，站在月亮中把头颅轻轻摇晃，手持火把，腰围面粉袋，心情宁静。"

在轻雷滚过的风中，他想到天才的命运。他们是命中注定的天才，一言不发，心情宁静，默默耕耘在孤寂的空无一人的打谷场上，饥渴难耐，却仍在行走。他们就是天才，在孤独与寂寞中行走，除了绚烂的一瞬，他们一无所有。只是，写下这首诗的海子，是否知道，自己也是这样的天才？

“轻雷滚过的风中，死者的鞋子，仍在行走，如车轮，如命运，沾满谷物与盲目的泥土。”历史的车轮滚过时间，不断向前，终于来到他的面前。他是孤独的，一如梵高和韩波。

海子寂寞地奔驰在自由的王国，在装满诗歌的云端俯瞰众生，查家湾金黄的麦浪，在安静的夜里刻出成熟的曲线，他端起一碗星辰，钻出地面，去拥抱自己最想要的自由、随性。

有时候，他的自由不羁也会延伸到生活之中。有一段日子，诗人蓄起了络腮胡须，因为他认为这代表着蓬勃的生命力。只是没有人理解，查家湾的乡亲们对他的怪异模样指指点点，他的父亲也因此大动肝火。

他突然觉得一切都没了趣味，乖乖理了胡须，顺从父亲的意思。只是他并不明白，为何世人会有如此大的反应，蓄留胡须本就是心血来潮又自然而然的事情。

他叹了口气，扎进诗歌的世界。或许，那里才是独属于他的快乐源泉，才能让他的灵魂得到永恒的皈依。

第四节 敬畏·在运送太阳的途中相遇

时间煮雨，他用笔尖的白纸隔开两个截然不同的世界。思索，写诗，在1988年的漫长冬日，他终日坐在房间，沉默地制造着一缕又一缕的阳光，那一笔一画走过的痕迹，都是冷寂的神经与时间的竞赛。

万物沉睡的季节，周遭枯槁而寂静，他的头脑却格外清晰，灵感无限泛滥。他不停地写着，不停地思考，不停地修改，尽情感受灵魂的疾驰，感受思想狂舞时迸裂的火花，全然忘了日升日落的世间。

看着这样不知疲倦的儿子，操采菊很是心疼。她不知道他在写什么，也不知道他为何如此痴迷，但她知道，这是他的工作，而自己能做的，便是在沉寂的深夜里，为儿子煮上一碗热气腾腾的面条，并催促他吃完睡觉。

而他，只是对母亲微微一笑，便继续奋战在诗歌世界。或许，当喜欢到了极致，诗歌便成了信仰，成了戒不掉的瘾，长在灵魂深处，越陷越深。他的眼睛是纳木错的湖水，平静而写满坚定，他的指腹被墨汁染上香气，一首诗毕，便落满梅花。

日升日落，云卷云舒，《太阳》在他的笔下日渐丰满。有时候，他觉得这篇长诗便是他的孩子，还是最漂亮的孩子，他如同母亲般，给予它浓厚的感情和灼热的灵魂，他要让它成为真正的骄阳，绚烂璀璨。

年关刚过，积雪初融，他怀揣着《太阳》的诗稿，踩着爆竹留下来的红色喜庆，直奔四川。蜀道难，难于上青天，却难不过诗人的崎岖心路。他要去那里，见见几位熟悉的诗友，听听他们关于《太阳》的意见。

山花烂漫的四月，他到了成都，见到了欧阳江河、万夏等小有名气的四川诗人。他们聚在一起，愉快地谈论诗歌，交换思想，聊到兴处，诗人们碰撞出不少灵魂的火花，海子只觉自己的眼界开阔了不少，灵魂也丰盈了些许。

告别闲适的成都，他辗转来到沐川县城。沐川，长在大山边，宛如一颗遗落人间的剔透珍珠，蓊蓊郁郁，浪漫秀美。海子一到这里，便沉醉在如此浓密的绿意间，心情仿佛也沾染上了嫩绿的初春气息，清新而明朗。

在这里，他受到了宋渠、宋玮两个诗人兄弟的热情款待，住进宋家的房山书院。流水白石，竹林落英，这里是隐者的天堂，打开窗便能看见雾海缭绕的山水美景。毫无疑问，海子爱上了这里，在这漫山的烟绿青葱间，他伴着淡淡的竹林清香，一待便是一个月。

这样寂静清雅的地方，让他心境平和，思如泉涌。伴着清风朝阳，伴着幽香落日，海子全神贯注地继续着《太阳》的创作。伏案写诗时，时间总是走得飞快，不知不觉间，清冷的月光便洒满房间。有时，他也会在写作的间隙抬头看看窗外，恍惚间觉得自己穿越成为隐居江湖的士大夫，不知今夕是何夕。

闲暇时光里，他也会在门口的竹林间喝一碗沐川早茶，与主人聊聊书院的旧事，抑或去那古朴的藏书阁翻翻典藏……人生之中，总有些美好的画面，让人永远怀念，而这段短暂的沐川时光，也在海子的生命中风干，成了温暖的标签，持久飘香。

微风细雨，鸟语花香，在这烟雾缭绕的温润时光里，他永远记得，沐川的早茶是多么的醇香美味，也永远记得，沐川这盏岁月的茶，是多么让人心旷神怡。

只是，当他徜徉在沐川的旖旎岁月时，当他在诗歌的海洋里越来越沉醉时，现实的爱情却纠缠不断。或许，诗歌的世界太过虚幻，他每每靠近一点，便离真实的世界远了一点。只是太过痴迷的诗人，并没有发现爱情的渐行渐远，直到心爱的姐姐 S 提出分离的请求。

不是所有的离别都能掀起波澜。这一次，海子表现得十分平静，他平静地接受了现实，送她离开。有一种爱叫作放手，当自己给不了爱人想要的生活，分开便是对彼此的成全。从此，她可以在爱人温热的肩头熟睡，而他，也可以在漂泊的诗篇里，了无牵挂。

在这一千年我只热爱我自己
在这一千年我只热爱亲人和你
在我这一千年在这一千年在这一千年
我也曾拼着性命抬着棺材进行斗争
我也曾装疯卖傻一路乞讨做一个疯狂的先知
我也曾流尽泪水屈辱地活着做一个好人
我也偷抢也杀人我的自由是两手空空
我所憎恨的生活我日日在过
我留下的只有苦难和悔恨
我热爱我的生命离我千年，火种埋入灰烬
在这一千年我只热爱我自己的痛苦
在这一千年我只热爱亲人和你

我所在的地方空无一人
那里水土全失 寸草不生
大地是空空的坟场
死去的全是好人
天空像倒塌的殿堂

支撑天空的是我弯曲的脊梁

我把天空还给天空

死亡是一种幸福

……

——《太阳·弑》

六月繁华的盛夏，拥堵的北京城跃动着灼热的白光，涌动着疯长的希望，而海子，也在此时着手开始《太阳·弑》的创作，与此同时，他决定重走西藏，为新的篇章寻找灵感。

这一次，他与一平、王恩衷同行。走在青藏线，西藏的天空带着独特的孤寂美，他们愉悦地向前迈着步子，如同一场无限接近太阳的虔诚朝圣之旅。有时，三个年轻人会伫立发呆，看远方绵延起伏的山峦，一路延伸到天际，有时他们也会想，如果一直这样走下去，是否就可以走到世界的尽头，拥抱温暖的太阳。

他们到了美丽的拉萨。虽然海子并不是第一次来到这里，但却依然为这圣洁的日光城惊艳，他觉得，这座城便是苍茫高原上耀眼的钻石，用自身独特的魅力震慑着虔诚的旅人。如果说，太阳是诗人灵魂的皈依，那拉萨，便是他寻找灵魂的第二故乡。

生活处处有惊喜，到拉萨的第二天，他去找了《西藏文学》的主编 H。H 是一位女诗人，曾经与海子通过几次信，这次是他们的第一次见面，却没想到，诗人炽烈的情感便在电光石火之间重燃。

有人说，爱情是一场际遇，当H给他敬上酥油茶，当H说起藏族文明的种种传说，他便知道自己沦陷了，H成了他心中的“拉萨河女神”，周身散发着迷人的光芒。

生在这漫长的人间，他爱过几个人，也被爱过几次，在一次次甜蜜与失去间，他早已不复曾经的青涩。如今，他的爱依旧热烈，却来得直接。或许，爱情本来就是一件简单的事情，爱了就告白，喜欢了就在一起，不爱了就相忘江湖，而那些纠结复杂的情绪，只会让自己徒增烦恼。

世事历练后，海子变得简单纯粹，他直接开口祈求她一同坠入爱河，而H淡然地拒绝了。或许他已明了，爱情不是一个人的心事，或许他早就预料到了结局，所以诗人只是轻轻为她献上祝福，然后坦然离开。

告别H，告别拉萨，他们三个人继续向着西藏腹地进发。波密、林芝、纳木错，日喀则……他们去了很多地方，邂逅了一个又一个让人神魂颠倒的故事。原来，拉萨只是藏族文化的冰山一角，原来藏地的文化之旅，可以来得如此跌宕起伏。

归途中，海子在玛尼堆前捡了两块精美的佛像，开启了佛缘。他并不是佛教信徒，但在灵魂的根里，他对佛法有着相同的敬仰和彻悟，从此后，这两块佛像一直陪伴在他的身边，并且，他离世后，它们也被镶嵌在他的墓地旁，坐看世间的天荒地老。

第八章 死亡

面朝大海，春暖花开

第一节 痛苦·从此不再写你

光的流逝，是翅膀划过的悸动；影的消失，是器官静默的逃亡。诗歌是他的王后，他的新娘，他愿意站在太阳痛苦的麦芒之下，纵情高唱。诗歌是他的祭坛，他的舞鞋，他愿意为了诗歌倾尽所有，哪怕被放逐到世界的边缘，哪怕丢了爱情，丢了生活，他也要踩着痛苦，向理想瞻望。

有一种人，天生为艺术而生。他用一颗湿漉漉的心脏，放飞斑斓的想象，跳跃在诗歌的殿堂，这具感性而惯于沉思的脉搏，鼓动着超凡的能量。

他是孤独的，广袤的诗歌领土只有他一个国王，但他并不孤僻，他从来不会沉溺在自己的世界中孤芳自赏，他加入了一个小有名气的地下诗歌俱乐部——“幸存者俱乐部”。怀着一颗诚恳的心，他会定期拿着作品去参加讨论会，想要同前辈们交流学习，汲取养分。

只是现实远非这般美好，在俱乐部，他的年龄和资质都属小辈，总有些所谓的“前辈”随随便便地提出自己的批评和鄙夷。海子有一句诗是这样说的，“蒙古人骑着高头大马飞过天空”，对此便有圈内的诗评家如是奚落道：“我不知道你到底在搞什么，只晓得你一直在说‘蒙古人骑着高头大马飞过天空’。”

一句犀利的嘲讽，惹得与会者哄堂大笑，诗人的尊严就被这样无情践踏，他只觉狼狈不堪。其实，刚开始的时候，他还会试着与他们解释辩驳，只是时间长了，他便厌倦了这无谓的口舌之争，只好抱着自己的诗歌，落魄离开。

金秋九月，北京的栾树挂上了红红的灯笼，房山千层尽染，梧桐落叶纷飞。在这收获的季节，诗人的《太阳·弑》也进入了收尾期，这是《太阳》系列的第五部巨作，也是最惊心动魄的一部。燎原先生在《扑向太阳之豹》一书中如是介绍了这部诗的基本内容：

“以暴君统治保持自己王位的巴比伦国王因为唯一的王子自小失踪，所以在其垂暮之年决定以在全国举行一次诗歌大赛的方式，选拔自己王位的继承音。这是巴比伦国历史上历任国王中少有的慷慨，也是少有的残忍之举。因为王位只有一个，而所有的竞争失败者都无一例外地将被处死，这也就意味着这个唯一的王位必然以无数参赛诗人的人头为代价。”

“大赛开始若干时日以来，一批批竞选失败的诗人：独行无名人、小瞎子、稻草人、流浪汉、纵火犯、酒鬼……在国会元老充当裁判官端坐其上，两侧盔甲兵士布列，类似宗教大法会气氛的主席台上，一个个先后被五花大绑地押送而过，前往刑场处死。继而就剩下了来自西边沙漠草原之国，怀有秘密使命的猛兽、青草、吉卜赛，以及前来寻找妻子的剑（宝剑）这样四位青年诗人。”

“剑与这三位青年是患难兄弟。他的妻子红实际上是巴比伦国王的公主，当年在沙漠草原之国时，吉卜赛爱上了红，而红却爱上了剑，并且结婚。此后红鬼使神差地离开剑，来到巴比伦国，并且神经错乱。”

“而现今这个在位的巴比伦国王，当年又是由魔王、天王(他在另一个时间另一个地点名叫洪秀全)、血王、乞丐王、霸王（他在另一个地点名叫项羽)、闯王(他在另一个时间另一个地点叫李自成)和无名国王等十三位行帮霸主结拜的‘十三反王’中的老八。当年的十三反王天不怕地不怕，以十数年间‘刀尖上舔血’的日子，推翻了一个有几千年历史的老王朝。从此夺得天下，并推荐老八为其新的王朝——巴比伦国国王。”

“登上国王王座的这位老八，又是一个怀有宇宙大国之梦的野心勃勃的诗人政治家。为了扬名万世，他不顾十二兄弟和天下百姓的劝告而横征暴敛，决意要修造一度巨大无比的太阳神神庙。神庙终于修成，而百姓们也死了将近一半。于是，曾是其兄弟的十二反王重新起来造反，但不幸全部被捕处死，只有最小的第十三反王在众兄弟的掩护中毫发无伤地安全逃脱，在西边建立了一个新的沙漠草原王国，在逃离之前，他偷走了巴比伦王的婴儿——剑。”

“第十三反王不但是众反王中最年轻最勇敢的一个，还是世纪交替之际最伟大的诗人。青草、剑等四位青年，包括公主红都是受他的影响熏陶而成为诗人的。青草等三位青年此番来巴比伦的一个秘密使命，就是受他的指派杀死巴比伦王以复宿仇的。”

“……只剩下了来自外邦的这四位青年诗人开始残酷的诗歌王位角逐。猛兽因不忍兄弟间的互相残杀首先用火枪自杀。接着是青草失败毙命。当作为最后的胜利者吉卜赛上场时，他的精神已几近被摧毁。现在，他离实现自己的使命只有一步之遥。当裁判官太祭司宣布了他继承王位的资格，他从国王手中接过象征王位的剑后，立时毫不犹豫地将它刺入巴比伦国王的身体。”

“然而，吉卜赛刺死的却是他当年深爱过的红，精神错乱的红由于意识被操纵而装扮成巴比伦王，而老谋深算的巴比伦王则装扮成了大祭司。中了狡计的吉卜赛愧愤难当，执剑自裁。”

“红在临死前神志恢复，认出了装扮成大祭司的国王，并让其找来剑伤最后的告别。而本是前来寻妻的宝剑此时大可回避地断身于这场血腥残杀之末最终的复仇。”

“两个最关键的人物终于直面相对。此时已没有诗歌而只有复仇，嘈杂模糊的舞台使两人的对话如在胸腹中，只能听见片言只语。剑向老迈狡诈的国王怒而兴师问罪：你杀了我两个儿童般纯洁的兄弟，又杀了我的妻子，我现在就要拧断你的脖子去喂狗……”

“但年轻、锐利、血气方刚的剑根本不会想到，整个事态都是完全按着国王的设计进行的。此时已喝下毒药，只有一个时辰可活的国王临终道出了事情的真相：红是我的女儿，你是我的儿子。你自小失踪，红长大后就出门寻找哥哥，没想到遇见了你，爱上了你，与你结了婚。后来有人告诉了她，她就离开你回到家乡，从此就发了疯……”

“我只想把王位传给你，如果我不杀死他们……我干了一切为你可干的事，给你留下这铁打的江山和黄金的土地……这最终的真相同时将剑置于罪恶的境地，也使剑意识到他与国王两人生命的肮脏：黑暗的今夜是你我的日子，明天的巴比伦河上又将涌起朝霞的大浪，我的兄弟和爱人又会复活在他们之间。在曙光中，只有肮脏的你我不会复活。”

“接着，已经成为王子的剑斥退廷臣，走出王宫，在开满野花的道路上一阵狂奔之后拔剑自刎……”

燎原先生用清晰明了的概括，将《弑》的故事铺展在读者面前，他们都被震慑了，海子天马行空的想象以及波澜壮阔的气魄让他们沉沦。骆一禾如是评价说：

“《弑》是一部仪式剧或命运悲剧文体的作品，舞台是全部血红的空间，间或楔入漆黑的空间，宛如生命四周宿命的秘穴。在这个空间里活动的人物恍如幻象置身于血海内部，对话中不时响起鼓、钹、法号和振荡器的雷鸣。这个空间的精神压力具有恐怖效果，本世纪另一个极端例子是阿尔贝·加缪，使用过全黑色剧场设计，从色调上说，血红比黑更暗，因为它处于压力中写下的人物道白却有着猛烈奔驰的速度。这种危险的速度，也是太阳神之子的诗歌中的特征。”

这部诗也是西川最看好的诗篇，他说，这是中国诗剧的巅峰，是海子傲然独立的巅峰。海子用滚烫的心筑造浓烈的力量，用天才的语言放飞天才的想象，虽然无常的命运几度迫使他停笔沉思，但他依旧坚持着，忍受诗歌分娩的折磨，等待胎儿诞生的这刻。

他是喜悦的，因为孕育经年的巨作终于出世，他也是痛苦的，因为这诗篇不再属于自己。

我是多么的不自在，因为从此不再写你，他如是说。原来，灿烂繁华的背后，依旧是寂冷的孤独和哀伤。

第二节

吟唱·站在痛苦质问的中心

时光如梭，岁月无痕，蓦然回首时，他突然发现，自己在北京城已经待了将近十个年头。十年，他哭过，笑过，爱过，恨过；十年，他从一个懵懵懂懂的大学生长成了坚定的诗歌巨人；十年，他深深感激这座城，无论喜不喜欢，这里给了他一席落脚之地，给了他十年光阴的回忆。

《太阳·弑》完成了，他紧张的思绪得以些许舒缓，但成长的孤独让他生出缱绻的思念。许久不见，他想家了，心中拉扯着许多酸涩的情感记忆。

他突然想起，这么多年，父母从来没有来过北京。他刚工作的时候，曾经兴高采烈地邀请过父母来游玩几日，只是家里杂七杂八的琐事太多，父母一直无法成行。如今，他们都已年过半百，却依旧为三个孩子的学业操持，他突然觉得，自己亏欠他们太多太多。

他拿出纸笔，再一次给远在查家湾的父母去了信，言辞恳切地邀请父母来京，并拿出了未婚妻的撒手锏。

所谓的未婚妻，是他的新女友 Y。Y 是他的一位相谈甚欢的诗友，两人时常书信交流，后来他们相约见面，却发现两人竟在同一单位工作。或许，这就是缘分吧，Y 是艺术系的老师，气质轻盈飘逸，她很欣赏海子的诗作，也很喜欢他忧郁倔强的诗人气质，她愿意给予诗人他需要的爱情。

看到海子的相邀，查振全夫妇本想拒绝，因为害怕打扰到忙碌的他。但当他们看到关于未婚妻的字眼，夫妻二人笑开了花。海子已经不小了，村子里年纪相仿的男子早就娶妻生子。他们想要知道，到底是怎样的女子，要和自己的宝贝儿子相携走过人生。经过一番商量，操采菊去了北京，而查振全则留下来收割庄稼。

车流涌动，人潮熙攘，海子早早便来到北京站等待。听着一声声汽笛轰鸣，遥望一辆辆火车由远及近，他的心在等待中变得焦灼不安，察举到他的局促，身后的 Y 轻轻拍着他的肩膀，笑得一脸温柔。

终于，拥堵的人群中出现了那抹无比熟悉的身影，海子赶紧迎了过去，将母亲牵出裹挟的人流。一路北上，操采菊风尘仆仆，脸上写满疲倦，海子看着这样的母亲，心里惭愧不已。岁月催人老，行在时间的旅程中，母亲的脸上已经挂着风霜，而他，却没有太多时间陪伴尽孝。

他正式将 Y 介绍给了母亲。操采菊听着儿子身旁的漂亮女孩笑容得体地叫她伯母，那颗高悬的心，慢慢放了下来。回到海子昌平的住处，

Y也一直对她嘘寒问暖，那大方懂事的模样给操采菊留下了很好的印象，她的心彻底放下了，只盼望着两个人能早日喜结连理，和和美美地生活。

故宫、天安门广场、北海、颐和园……那段日子，海子好好陪着母亲将北京城游览了一遍，他还特地带母亲去了北大，让她亲眼看看自己曾经念书的地方，并侃侃而谈昔日上学时的趣事。一路上，母子二人笑语不断，操采菊从来都没有想过，自己会来到首都，见证儿子不同于查家湾的生活。

闲暇时，Y也经常来海子的住处陪伴她。每一次，善良懂事的她总是带来水果面包一类的小零食，有时还会亲自下厨，为母子二人准备丰盛的晚餐。操采菊将一切看在眼里，越发喜欢她，两人之间的关系越发亲密，俨然一对真正的婆媳。

他们都是孝顺的孩子，总想着母亲逗留北京的日子，能够吃好、睡好、玩好、心情好，海子知道，短短几日并不能洗去查家湾的半生辛劳，但他想要给母亲一段繁华的记忆，温暖她的心房。

在北京的几日，操采菊是快乐的，也是满足的，只是她的心头，也萦绕着对儿子的隐隐担忧。

有一次，他们偶遇了海子系里的领导，海子不冷不热的态度引起了操采菊的注意，她很隐晦地劝说他要和领导、同事搞好关系，但海子却回答说："那个人虽然是领导，但肚子里没几滴墨水，没必要和他多讲话。"

海子这样的解释让她又气又恼，但却无可奈何。他知道自己儿子的性格是多么的倔强，只是这样不柔软的儿子，总让她忍不住担心，一遍遍地教导他，做人要开明些。母亲的话语，海子一句句听着，没有辩驳，但是依旧我行我素。这便是他，年少轻狂也好，放荡不羁也罢，他只是想做真实的自己而已。

其实，他的固执在学校是众所周知的。他基本不参加学校组织的各项交流会议，也不会为了评职称而巴结领导，哪怕自己只拿少得可怜的基本工资，哪怕自己的职位一直停留在助教的资格线上。在他看来，那些所谓的开会、学习、送礼，纯粹就是浪费时间，浪费生命，还不如多创作几首诗歌来得痛快。

转眼便到了离别的日子。虽然操采菊舍不得海子，但却不得不离开。她知道，海子有自己的生活要过，而她也要回家务农，她的丈夫和其他三个孩子，也在盼着她回去。血浓于水，作为母亲，每一个孩子都是他割舍不掉的牵挂。

一声声话别，一句句不舍，他是多么不想母亲回去，但又无可奈何。临行前，他为母亲买了一身新衣服，又将她的包裹中塞满北京特产，还瞒着母亲借了三百块钱塞在她的包袱底层……

轰隆隆的声响中，火车将要离站，他最后一次拥抱母亲瘦弱的身躯，将她送上座位。轰隆隆，火车越来越远，融入天际再也看不见。有一种思念叫想家，此时此刻，他的心中，涌动着浓浓的愁云。

不久之后，海子收到了大弟查曙明的来信，在信中，大弟向他说了自己复读的想法。对于去年的电报，海子一直很是内疚，他觉得因为自己没有尽到兄长的义务，才让大弟错过了大学的时光。如今，他很欣慰大弟走出了落榜的阴霾，也很感激他依旧信任自己，他赶紧写了回信，支持大弟的决定，并一再叮嘱他注意调整身心。

几天后，他又悄悄给大弟寄了三百元钱，作为经济上的支持。另外，他还给自己高中的老师去了信，为大弟的复读作着力所能及的准备。做完所有的一切，他觉得自己的心事又了了一件，便又将所有的思绪投入《太阳》的创作。

11 月 21 日，《太阳·弥赛亚》终于完成，他站在痛苦质问的中心，吟唱出献给曙光女神的伟大诗篇。《弥赛亚》是《太阳》系列的终结篇，从此后，史诗巨作《太阳》终于画上了圆满的句点。

骆一禾对海子这样宏伟的史诗构图如是评价说："海子史诗构图的范围内产生过世界最伟大的史诗。如果说这是一个泛亚细亚范围，那么事实是他必须经受众多原始史诗的较量。从希腊和希伯来传统看，产生了结构最严整的体系性神话和史诗，其特点是光明、日神传统的原始力量战胜了更为野蛮、莽撞的黑暗、酒神传统的原始力量。这就是海子择定'太阳'和'太阳王'主神殉的原因：他不是沿袭古代太阳神崇拜，更主要的是，他要以'太阳王'这个火辣辣的形象来笼罩光明与黑暗的力量，使它们同等地呈现，他要建设的史诗结构因此有神魔合一的实质……"

过去两年，他越走越快，越走越近，终于，他到了天堂，对着太阳发出吟唱般的呐喊——

你不能说我一无所有，也不能说我两手空空！

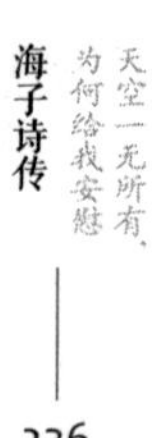

第三节 尽头·生命的鸟群早已飞去

生命之中，总有些遥远的风景让你魂牵梦绕，有时候，某个相似的场景，某次熙攘的人群，便能托出隐藏心底的记忆，让你不远万里地奔赴过往的旅程，重温那些未完的梦。

海子，一个习惯打捞回忆的人，这一次，他将自己的梦锁在了四川。蜀地多才俊，景致也秀丽，从四川回来后，他一直想念着那段岁月，也一直想要故地重游，拾起美丽的旧梦。

1989 年初，他没有惊动任何人，悄悄回了四川，用孤寂的脚步丈量曾经的旅程。成都、沐川、青川……他怀着秘密，一步步走得坚定，他说，走在路上，放声歌唱，大风刮过山岗，上面是无边的天空。

一路走来，一路怀念，当他回到查家湾的时候，早已满眼疲惫，身无分文。这一次，海子没有像往常那般带回丰厚的礼物，他像在外面玩累的孩童，回到家后便任性地喊饿，然后大吃一通，沉沉睡去。

他累了，不只是身体，还有那颗漂泊无依的心。

还好，在盛满亲情的查家湾，他得到了安稳的幸福舒展。短暂休憩后，他又很快投入诗歌创作，比以前更加痴迷投入。一把椅子，一个凳子，再加一动不动的伏案姿势，他便这样走过日升日落，花开花谢。

看着海子如此拼命的模样，操采菊很是心疼，她不止一次地劝说道，“当心把身体熬坏了”。可每每这时，海子总是睁着满是血丝的双眼，狂热地回答说：“妈妈，我要写一个天，写一个地，写出一个大太阳来！新年里我要完成好多东西！”

操采菊不懂得诗歌梦想，但看到这样的儿子，她还是咽下口中的话，心疼地走开。查振全也来了，不住地劝他多休息休息，“受不了”父母唠叨的海子只好撒谎说，自己与出版社约好了，如果出版便能得到一笔丰厚的稿酬。

物质是他早就抛弃的无情情人，只是当他看到自己的家人在查家湾受着物质的折磨，他便心痛不已。他知道，一个人的自由，并不是真正的自由，他有责任让家里人更幸福。当别人建议他一道去海南办报纸时，他动心了，海南发展很快，他想要去那里施展才华。

只是当他把自己的想法告诉父亲时，他没想到，静默如山的父亲竟然勃然大怒，大骂自己的选择是多么的盲目。在查振全的字典里，

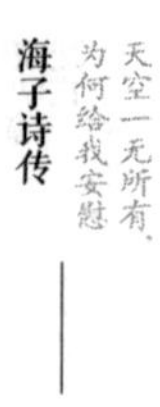

海子在法大的工作便是铁饭碗，可以保他衣食无忧，他怎么能允许自己的儿子，因为一时的脑子发热，而丢了安稳的人生？更何况海南是座远在千里之外的孤岛，他如何能够放心海子孤身前往谋生？

面对这样的父亲，海子伤心地哭了，一如丢了心爱玩具的孩子。这么多年，他与父亲之间并不是没有矛盾，他也不是第一次看见父亲暴跳如雷的模样，但却是第一次释放如此委屈的眼泪。或许，在父亲眼里，他是要丢掉铁饭碗的傻子，但他心底叫嚣的渴望却在一遍遍控诉，这所谓的铁饭碗束缚了他的手脚，他想要走出孤寂，拥抱崭新，迎接热血的开始。

看着痛哭流涕的海子，操采菊也悄悄抹起了眼泪。她心疼这样撕心裂肺的儿子，但生活的磨难让她活得小心翼翼，她不明白，海子为何会做出这样的选择。后来，她又悄悄问过海子的打算时，他只是淡淡回答，还会继续当老师。

或许，当海子说出这句话的时候，已经心如死水。

在诗歌中，他如是写道：在夜色中，我有三次受难：流浪、爱情、生存，我有三种幸福：诗歌、王位、太阳。

他只剩下诗歌了。只是90年代的中国正在发生着翻天覆地的变化，在物质利益的刺激下，越来越多的人下海投资，狂热地追逐着资本经济，却忘了精神上的给养。读诗的人越来越少，象征艺术的诗歌，便这样悄然凋零，只剩下屈指可数的几个诗人，做着最后的困兽之斗。

他如何能够忍受，没有诗歌的无聊人间？他知道，纵然被困于物质的牢笼，他也要用力追逐今生的永恒——诗歌。

他找到好友骆一禾，想让他帮忙把自己调到《十月》编辑部做诗歌编辑。面对封闭的路途，他只想要换一种环境，给灵魂以喘息的空间。只是对于这样的人事调动，骆一禾也无能为力，他只能委婉地说着时机不对，让海子再等几年。

只是他如何还能等得住。乌云压城城欲摧，当灵魂压抑太久，内心早已暗潮涌动，他再也无法忍受等待的折磨。孤独，寂寞，毁灭，他的心已经尘封，诗歌郁结着可怕的崩毁，虽然外表依旧风平浪静。

有时候，他也会变得情绪化。一次，他和几个表兄一起饮酒到深夜，回家之后便栽倒在床，大弟查曙明小声地抱怨了一句："不能喝酒就少喝点嘛。"没想到，这样一句含着关心的牢骚，却轻易触到了海子的逆鳞，他勃然大怒，从床上跳下来，摔摔打打地吵嚷着，一直折腾到大半夜才昏昏睡去。

睡梦中，他痛苦地呢喃着自己的失意，他说，"北京的诗歌圈子很严，简直进不去"。现实击垮了诗人，他再不是那个乐观积极的少年。

假期结束的时候，操采菊问起海子的终身大事，而他只能沉默相对。他与 Y 已经分手一个多月了，如今他又是孤单的一个人。Y 走的时候并没有说分手的原因，但他也已猜到，自己这只孤独的刺猬，还是在不经意间刺痛了想要靠近的爱人。

分手时，Y 给他留了一封信，他没有打开，也永远不想打开。爱情来自尘土，终将归于尘土，他突然想起这样一句诗句：我没有因为

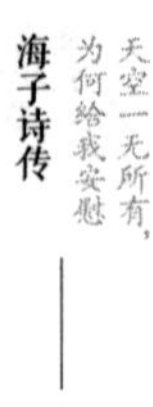

你的离去而后悔，却为自己的平静而悲伤。

荒凉的山岗上站着四姐妹
所有的风只向她们吹
所有的日子都为她们破碎

空气中的一棵麦子
高举到我的头顶
我身在这荒凉的山岗
怀念我空空的房间，落满灰尘

我爱过的这糊涂的四姐妹啊
光芒四射的四姐妹
夜里我头枕卷册和神州
想起蓝色远方的四姐妹
我爱过的这糊涂的四姐妹啊
像爱着我亲手写下的四首诗
我的美丽的结伴而行的四姐妹
比命运女神还要多出一个
赶着美丽苍白的奶牛　走向月亮形的山峰

到了二月，你是从哪里来的

天上滚过春天的雷，你是从哪里来的

不和陌生人一起来

不和运货马车一起来

不和鸟群一起来

四姐妹抱着这一棵

一棵空气中的麦子

抱着昨天的大雪，今天的雨水

明日的粮食与灰烬

这是绝望的麦子

请告诉四姐妹：这是绝望的麦子

永远是这样

风后面是风

天空上面是天空

道路前面还是道路

——《四姐妹》

他是诗人，用笔墨解剖爱情。B、S、AP、Y，她们是在岁月里绽放的美丽昙花，静静来到海子的生命，发芽，生长，开放，凋零。她

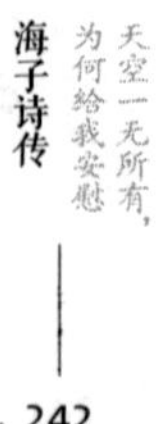

们都是海子曾经爱过的女子，撩拨着他的诗弦，奏出最悦耳的旋律，只是她们也都一个个挥手作别，留下悲伤的果，让诗人自己消化。

在《跳跃者》一诗中，他也写下过这样的文字："我走过许多条路 / 我的袜子里装满了错误 / 日记本是红色的 / 是红色的流浪汉 / 脖子上写满了遗忘的姓名，跳吧 / 跳够了我就站住 / 站在山顶上沉默 / 沉默是山洞 / 沉默是山洞里一大桶黄金 / 沉默是因为爱情。"

二十几岁的年纪，他还很年轻，只是为何，人们总觉得他在迅速苍老。他说，从一口空气，跳进另一口空气，我是深刻的生命。是的，因为苍老，他活得深刻，他的人生走入沉寂，沉寂是因为爱情，因为诗歌。

大年初六，他将大弟送到高河中学，离开时，他鼓励弟弟说："等高考成绩出来以后，我就联系北京高校帮着录取！一定要为父母争口气！"本是激动人心的话语，兄弟二人却都沉默无言。这一日，他便要返回北京了。

火车进站，汽笛长鸣，他轻轻拥抱了一下弟弟，转身踏上离去的列车。七月不远，生命的诞生不远，爱情不远。生命的鸟群早已飞去，他们不知道，此次一别，竟成永远。

第四节 永别·肉体是河流的梦

行在喧嚣的人间，一切终究归于沉寂。一句再见，一声叹息，离别的笙箫已经吹响。

回到北京后，海子给好多朋友寄了信笺，其中一封写给沈天鸿的信中，只有短短六个字，“我还活着呢”。没有标点，没有停顿，一句犹如恶作剧的玩笑话，却是他最没有起承转合的平淡表述。

时间的罗盘不断旋转，形形色色的人们依旧为了生存忙碌奔波着，没有人注意到，这个孤独的诗人，对死亡越发迷恋……

3 月 5 日，苇岸来到海子的住处，那时海子正在伏案写作，桌上、地上都丢满了稿子，而他的双脚，却在这春寒料峭的时候泡在一桶冰凉的水中。此情此景，苇岸调侃道：“海明威站着写作，卡波特躺着构思，穆尔脱光了衣服写诗，原来海子是这样创作的。”

听着这样的玩笑话，他只是轻声笑笑，没有言语。

3 月 11 日，海子应西川之邀，去他家参加同学聚会。那天，他们大学时的好友几乎聚齐了，海子的心情似乎好了许多，谈到家乡时，他如是感慨道：“有些你熟悉的东西再也找不到了，你在家乡完全变成了个陌生人……要真正感受农村，必须在麦子割了以后，满地的麦茬，那个时候你站在麦地上，天快黑的时候，你会觉得大地是一片荒凉。”

席间，因为一点小的争论，骆一禾与一位老友闹了些矛盾，众人忙着调和，却忽略了一直压抑情绪的海子。十五天后，海子结束了自己的生命，这次聚会成了他与朋友们的最后一次聚首。对此，骆一禾、西川等人一直懊悔不已。

春天，十个海子
春天，十个海子全都复活
在光明的景色中
嘲笑这一野蛮而悲伤的海子
你这么长久地沉睡到底是为了什么？
春天，十个海子低低地怒吼
围着你和我跳舞、唱歌
扯乱你的黑头发，骑上你飞奔而去，尘土飞扬
你被劈开的疼痛在大地弥漫

在春天，野蛮而复仇的海子

就剩这一个，最后一个

这是黑夜的儿子，沉浸于冬天，倾心死亡

不能自拔，热爱着空虚而寒冷的乡村

那里的谷物高高堆起，遮住了窗子

它们一半用于一家六口人的嘴，吃和胃

一半用于农业，他们自己繁殖

大风从东吹到西，从北刮到南，无视黑夜和黎明

你所说的曙光究竟是什么意思

——《春天，十个海子》

3月14日，他写下了这首诗。这是他生命中的最后一首诗，写尽他对人生的所有呐喊。他是诗人海子，他将自己写进诗里，或许，他也想要在春天里，复活新生。

3月16日，他见到了昔日的恋人B，原来她已经在深圳完婚，即将奔赴美国生活。

3月17日，他喝醉了，在酒桌上吐露了曾经与B的种种纠葛往事。后来，酒醒了，他又痛苦不已，善良的诗人觉得自己不应该随便讲别人的隐私，即使这个人是B。

3月18日到20日，他不知所踪。

3月20日下午，他找到了苇岸，已经几天没吃东西的他，狼吞虎

咽地吃下大量食物。他像一个絮叨的老人，说起醉酒那日的懊悔，说起自己差点死掉的事实，一切都已不重要，他只是想要找个人聊聊天而已。之后，他开始整理自己的诗歌。

从明天起，做一个幸福的人
喂马、劈柴、周游世界
从明天起，关心粮食和蔬菜
我有一所房子，面朝大海，春暖花开

从明天起，和每一个亲人通信
告诉他们我的幸福
那幸福的闪电告诉我的
我将告诉每一个人

给每一条河每一座山取一个温暖的名字
陌生人，我也为你祝福
愿你有一个灿烂的前程
愿你有情人终成眷属
愿你在尘世获得幸福
我只愿面朝大海，春暖花开

——《面朝大海，春暖花开》

这年伊始，他写下了这样一首暖人心扉的诗歌。他说，从明天起，做一个幸福的人，他说，我只愿面朝大海，春暖花开。不知道海子写下这样的句子时，是否料想到，他的明天，将要与死神拥抱。

3 月 26 日，他一袭白衣，手捧着《新旧约全书》《瓦尔登湖》《孤筏重洋》《康拉德小说选》四本最心爱的书，沿着山海关生锈的铁轨，且走且行。

夕阳西下，他平静地躺在冰凉的铁轨，在最后一缕金黄的阳光下闭上眼睛。轰隆，轰隆，大地震动，野草颤抖，列车呼啸而来，又呼啸而去，全然不知，一个鲜活的生命，就这样消逝在鲜红的太阳里。

大风起，云飞扬，一张薄薄的纸片，翻转在这自由的人间。纸片上面，写着海子留给世间最后的遗书：

我是中国政法大学哲学教研室教师，我叫查海生，我的死与任何人无关。我以前的遗书全部作废，我的诗篇仍请交给《十月》的骆一禾。

这便是诗人最后的时光，他死了，只是不知道，在天的那一边，他是否能实现“面朝大海，春暖花开”的愿望？

其实，在这短短十五天里，海子的世界里充斥着各种各样的幻觉，他的大脑成了战场，伏尸千里，寸草不生，他觉得索命的恶魔正在侵犯他的领地，逼迫他用生命换取自由。

那些神经错落的日子，他写下了一封封莫名其妙的遗书：

一

今晚，我十分清醒地意识到：是 ×× 和 ×× 这两个道教巫徒使

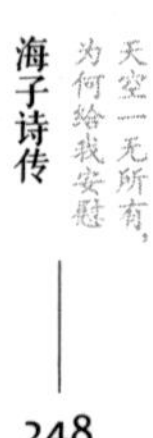

我耳朵里充满了幻听，大部分声音都是他俩的声音。他们大概在上个星期四那天就使我突然昏迷，弄开我的心眼，我的所谓“心眼通”和“天耳通”就是他们造成的。还是有关朋友告诉我，我也是这样感到的，他们想使我精神分裂，或自杀。今天晚上，他们对我幻听的折磨达到顶点。我的任何突然死亡或精神分裂或自杀，都是他们一手造成的：一定要追究这两个人的刑事责任。

海子 1989.3.24

二

另外，我还提醒人们注意，今天晚上他们对我的幻听折磨表明，他们对我的言语威胁表明，和我有关的其他人员的精神分裂或任何死亡都肯定与他们有关。我的幻听到心声中大部分阴暗内容都是他们灌输的。现在我的神智十分清醒。

海子 1989.3.24 夜 5 点

三

爸爸、妈妈、弟弟：

如若我精神分裂、或自杀、或突然死亡，一定要找 ×× 学院 ×× 报仇，但首先必须学好气功。

海子 1989.3.25

四

一禾兄：

我是被害而死，凶手是邪恶奸险的道教败类 ××，他把我逼到了精神边缘的边缘。我只有一死，诗稿在昌平的一木箱子中，如可能请帮助整理一些，《十月》2 期的稿费可还一平兄，欠他的钱永远不能还清了，遗憾。

海子 1989.3

五

校领导：

从上个星期四以来，我的所有行为都是因暴徒 ×× 残暴地揭开我的心眼或耳神通引起的，然后，他和 ×× 又对我进行了一个多星期的听幻觉折磨，直到现在仍然愈演愈烈地进行，他们的预期目的，就是造成我的精神分裂、突然死亡或自杀，这一切后果，都必须由 ×× 或 ×× 负责。××：×××××× 学院；××：现在武汉。其他有关人员的一切精神伤害或死亡都必须也由 ×× 和 ×× 负责。

海子 1989.3.25

有人说，海子疯了，而我却想说，他只是在战斗，他甘愿用生命去交换自由。我相信，在他写下最后一封遗书，在他躺在铁轨的那个刹那，他是清醒的，也是幸福的，他是我们最爱的诗人——海子。

春天里，十个海子全部复活……

年表

1964 年 3 月 24 日，生于安徽省安庆市怀宁县高河镇查家湾村。

1968 年，在查家湾村上小学一年级。

1974 年，考取高河中学初中部。

1977 年，考取高河中学高中部。

1979 年，以优异成绩考取北京大学法律系。

1982 年，开始诗歌创作。

1983 年，分配到中国政法大学校刊编辑部工作。

1984 年，调到中国政法大学哲学教研室，并开始长诗《河流》《传说》等的创作。

1985 年，长诗《水，但是水》创作完成，并开始诗剧《太阳》初步构思。

1986 年，第一次进藏；加入“中国当代新诗潮诗歌十一人研究会”；《太阳・断头篇》《太阳・土地篇》完成。

1987 年，《太阳·大札撒》创作开始。

1988 年，第二次进藏；获得第三届《十月》文学奖荣誉奖；《太阳·弑》和《太阳·你是父亲的好女儿》完成。

1989 年 3 月 26 日，于山海关自杀。

1994 年，查家湾立下海子墓碑。

2001 年 4 月 28，荣获第三届“人民文学奖诗歌奖”；《面朝大海，春暖花开》入选高中语文课本。

2003 年，《麦地》入选吉林人民出版社出版的《大学语文》教材。

2008 年，海子故居被怀宁县政府列为县级重点文物保护单位。

2009 年，怀宁县政府组织了瞻仰海子故居、凭吊海子墓等一系列纪念活动，并组织召开“中国·海子诗歌研讨会”。

2009 年 3 月 26 日，北京大学第十届未名诗歌节开幕式暨海子逝世 20 周年纪念活动在北大百年讲堂举行。

后记

有人说，海子以他的死肯定了诗，海子以他的死否定了诗。

1989年，以梦为马的诗人，用最惨烈的死亡，奉上给当代诗坛的最后献礼。这便是海子的一生，虽然短暂，却让大地轻颤，让北风呜咽，让疲倦干瘪的灵魂，在孤寂中惊醒。

在海子的周年祭上，诗人苇岸如是说："海子离开我们一年了，我们身旁空旷，坐在暗淡和怀念里，抚摸海子留给我们的诗歌。许多瑰丽的、优美的，甚至伟大的诗歌，被海子带走了。环顾四处，没有一个人能够走来，代替海子，把他的金黄、火焰和纯粹还给我们。"

是的，从此世间不止少了一个诗人，还少了金黄、火焰和纯粹。

我们不会遗忘，一个怀宁诗人，叫嚣的梦想。

我们不能遗忘，一个倔强青年，最后的呐喊。

母亲，太阳，麦田。我相信，在那遥远的天国，海子一定能够喂马、劈柴、周游世界，一定能够拥抱春暖花开的幸福。我相信，他如果愿意，一定能在春天的曙光里复活，在金黄的麦浪间跳动金黄的舞步。